Paul Zindel ▪ Der Mörder kommt in Teufels Küche

Paul Zindel

die detektive

Der Mörder kommt in Teufels Küche

Aus dem Amerikanischen übersetzt
von Simone Wiemken

Loewe

Bibliografische Information Der Deutschen Bibliothek
Die Deutsche Bibliothek verzeichnet diese Publikation in der Deutschen Nationalbibliografie; detaillierte bibliografische Daten sind im Internet über *http://dnb.ddb.de* abrufbar.

Der Umwelt zuliebe ist dieses Buch auf chlorfrei gebleichtem Papier gedruckt.

ISBN 3-7855-4646-7 – 1. Auflage 2003

Die Originalausgabe ist in den USA und Kanada bei Hyperion unter dem Titel *P.C. Hawke mysteries #7: The Gourmet Zombie* erschienen.
Lizenzausgabe mit freundlicher Genehmigung von Hyperion.
Aus dem Amerikanischen übersetzt von Simone Wiemken.

Umschlagillustration: Silvia Christoph
Umschlaggestaltung: Andreas Henze
Gesamtherstellung: GGP Media, Pößneck
Printed in Germany

www.loewe-verlag.de

Inhalt

Aus den Akten des Schreckens von Quentin Marlon: Der Mörder kommt in Teufels Küche Fall #6

FALL #6 BEGANN UNGEFÄHR SO:

Am Samstag, dem 27. März um genau 13 Uhr 13, wurde dem aufstrebenden Starkoch Billy Rose, dem Moderator der beliebten Kochsendung *Leicht und lecker*, ein Teller mit Caesar-Salat in die Hand gedrückt. Die dicht gedrängten Zuschauer vor dem Plaza Hotel in New York jubelten, als der junge Chefkoch den ersten Bissen nahm. Ein Tourist, der die Szene von der anderen Straßenseite aus filmte, lachte laut, als Billy sich plötzlich an den Hals griff und hin und her zuckte wie eine Marionette in den Händen eines durchgedrehten Puppenspielers.

Doch Sekunden später wich die allgemeine Belustigung blankem Entsetzen. Der Schaum, der aus Billys Mund quoll, und seine leicht bläuliche Gesichtsfarbe verrieten, dass er tatsächlich mit dem Tod rang. Er war so blass wie Ziegenkäse. Dann brach das Chaos aus, als Starköche, Polizisten und Sanitäter gleichzeitig auf der Bühne herumwuselten. Auch die Zuschauer rannten wie wild durcheinander und wussten nicht, ob sie die Flucht ergreifen oder sich sensationslustig nach vorne drängeln sollten.

Es schien, als stünde das zwölfte New Yorker Gourmet-Festival unter keinem guten Stern. Eigentlich sagt man amerikanischem Essen nach, dass es zwei Kriterien erfüllt – es geht schnell, und es ist tiefgefroren. Aber meine beste Freundin und Detektivpartnerin India Riggs und ich fanden schnell heraus, dass es außerdem ziemlich tödlich sein kann. Nachdem wir uns in den Fall eingeklinkt hatten, mussten wir außerdem feststellen, dass ein maskierter Mörder garantiert tödliche Extraportionen verteilte – und das er auch uns zu seinen Gästen zählte!

Wie immer ist dies die Wahrheit und nichts als die Wahrheit,

euer Quentin Marlon

Einzug der Gladiatoren

„Beeil dich, Quentin! Sonst kommen wir zu spät zum Festival.“ India packte mich am Arm und zerrte mich die Fifth Avenue entlang.

„Warte doch mal.“ Ich war mitten auf dem Bürgersteig stehen geblieben und beobachtete einen Dackel, der grüne OP-Kleidung und winzige grüne Pfotenschoner trug. Ich konnte nicht weitergehen, ehe ich nicht mit eigenen Augen gesehen hatte, welcher Bekloppte seinem Hund so etwas antat. Zweifellos wird meine Neugier mich eines Tages ernsthaft in Schwierigkeiten bringen. Aber bis dahin gedenke ich, ihr freien Lauf zu lassen.

India stöhnte, blieb aber trotzdem an der nächsten Ecke stehen. Sie tippte mit der Spitze ihres Doc-Martens-Stiefels auf den Boden und ließ mich auf diese Weise wissen, dass sie kurz davor war, mich einfach stehen zu lassen.

„Es ist echt cool, dass dein Onkel und deine Tante für unsere gemeinsame Geburtstagsparty dieses schicke Restaurant mieten wollen“, bemerkte sie. „Unsere Party wird als die beste aller Zeiten in die Geschichte der Westside Highschool eingehen.“

„Mmmh“, knurrte ich und hielt weiter Ausschau nach dem Hundebesitzer.

Die Westside Highschool ist die Privatschule, auf die India und ich gehen. Ungefähr die Hälfte unserer Mitschüler sind Sprösslinge der Reichen und Berühmten. Es wäre also eine reife Leistung, wenn wir es tatsächlich schaffen sollten, die beste Party aller Zeiten zu geben. Vor allem, wenn man bedenkt, wie viel Kohle einige zur Verfügung haben. So hat zum Beispiel Anna Green, deren Mutter eine bekannte Fernsehproduzentin ist, die Gäste an ihrem letzten Geburtstag in ein Flugzeug gesetzt und ist mit ihnen zum Skilaufen geflogen. Und die Eltern von Joey Darzano haben eine Fähre gemietet und so viel Kaviar und Shrimps aufgefahren, dass man sich ausschließlich davon satt essen konnte.

Aus irgendeinem Grund war India besessen davon, Anna, Joey und all die anderen zu übertrumpfen. Deshalb hatte sie meine Tante Doris gebeten, bei ihrer Freundin Mrs Lester ein gutes Wort für uns einzulegen. Denn Mrs Lester war zufällig die Agentin des berühmten Fünf-Sterne-Kochs Julius LaCroix, den wir unbedingt für unsere Geburtstagsparty buchen wollten. Tante Doris hatte versprochen, ihr Bestes zu geben. Bisher hatte sie uns zumindest zwei Ehrenkarten für das Gourmet-Festival besorgt, auf dem Julius

LaCroix live auftreten würde. Für den Fall, dass er absagte, wollten wir die Gelegenheit nutzen, uns auch die anderen Starköche genauer anzusehen.

Ich sah mich ein letztes Mal um. Erwischt! Ein dünner, grauhaariger Mann in einem Anzug, bewaffnet mit Mundschutz und weißen Gummihandschuhen, nahm den Dackel auf den Arm und marschierte mit ihm davon. Das Starren der Touristen ignorierte er, und die New Yorker würdigten ihn ohnehin keines Blickes – sie waren an Verrückte auf ihren Straßen gewöhnt. Jetzt, da meine Neugier befriedigt war, nahm ich Indias Hand und trabte los. „Komm schon!"

„Warum hast du es plötzlich so eilig?", fragte sie.

„Wir wollen doch rechtzeitig da sein, um Julius LaCroix kennen zu lernen, oder?", sagte ich. „Wenn wir ihn dazu überreden können, auf unserer Party zu kochen, dann kommt Nicole Venuto bestimmt."

„Nicole Venuto?" India spuckte den Namen aus, als wäre er vergiftet. „Du willst doch nicht etwa diesen aufgedonnerten Britney-Spears-Verschnitt einladen, oder?" Sie warf ihr langes blondes Haar zurück. „Ich finde es viel wichtiger, dass Sutton van Dusen kommt."

„Sutton van Dussel?", stieß ich entsetzt hervor und blieb abrupt stehen. „Sutton van Dummel? Der Blödian? Der ist doch dumm wie Brot. Wie *verschimmel-*

tes Brot! Der ist doch nicht mal in der Lage, die Einladung zu lesen."

India rammte mir ihren Ellenbogen in die Rippen. „Pass auf, was du sagst. Zufällig hat er mich letzte Woche gefragt, ob ich mit ihm ausgehen will. Und ich denke sogar darüber nach." Mit diesen Worten preschte sie über die Kreuzung, an der die Ampel gerade noch Grün zeigte, und ließ mich allein am Straßenrand zurück.

An der südöstlichen Ecke des Central Park holte ich sie wieder ein. „He, wenn du Sutton van Dummkopf einladen willst, ist das okay. Ehrlich." Vielleicht hatten wir Glück, dachte ich im Stillen, und er konnte die Einladung wirklich nicht lesen.

India lächelte, und ich wusste, dass sie mir verziehen hatte. „Lass uns die Abkürzung durch das Hotel nehmen."

Der große Platz vor dem Plaza Hotel mit seinem riesigen goldfarbenen Monument von General Sherman auf seinem steigenden Pferd war voll gestopft mit Leuten, die auf den Beginn des Festivals warteten. Die Bühne auf dem direkten Weg zu erreichen war hoffnungslos, aber India und ich waren nicht umsonst in New York aufgewachsen. Wir schlugen einen Bogen zur Muschelbar im hinteren Teil des Plaza Hotels, drückten uns am Innenhof vorbei und kamen direkt hinter der Bühne wieder heraus. Ein fetter, kahlköpfiger Kerl kontrollierte unsere Karten und winkte uns dann zu einer abgesperrten Fläche am anderen Ende der Bühne durch, auf der mehrere Reihen von Klappstühlen standen.

India und ich bahnten uns den Weg zu unseren Plätzen, die nur etwa fünf Meter von der Stelle entfernt waren, an der die Köche ihre Kunst zelebrieren würden. Überall wimmelte es von Presseleuten, Fotografen und anderen Ehrengästen, die wahrscheinlich mit einem der Köche befreundet waren. Vielleicht waren es aber auch nur die Neffen von Freunden der Agenten dieser Köche, wie in unserem Fall.

„Puh! Geschafft!“, seufzte ich und ließ mich erledigt auf meinen Klappstuhl fallen.

Der Lärm war ohrenbetäubend. Die Musikberieselung war zu laut, und die Menschenmassen verbreiteten ein Summen wie in einem gigantischen Bienenstock. Alles wartete auf das Eintreffen der Starköche.

Auf der Bühne stolzierte eine Frau in einem schwarzen Hosenanzug und Stiefeln mit Pfennigabsätzen auf und ab, die mir irgendwie bekannt vorkam. Sie kommandierte Techniker, Requisiteure und Hilfsköche herum. Ihr glänzendes blondes Haar hatte sie zu einem kunstvollen Knoten geschlungen, aus dem nicht ein einziges Härchen herauslugte.

India stieß mich an. „Sieh mal, Quentin. Das ist doch Deborah Hudson, die Exfrau des Bürgermeisters. Ich habe gelesen, dass sie in diesem Jahr das Festival ausrichtet."

„Sie sieht aus wie eine Schaufensterpuppe", stellte ich fest. Und ich musste es ja wissen. India und ich hatten vor einiger Zeit im Schaufenster eines Kaufhauses eine Leiche entdeckt. Tagelang waren tausende von Leuten an dem Fenster vorbeimarschiert und hatten nichts bemerkt, aber India und ich hatten es sofort gesehen. Das war unser erster Fall gewesen.

„Stimmt", sagte India. „Sie würde aber auch auf dem Laufsteg keine schlechte Figur machen."

Da wir so nah am Geschehen saßen, konnten wir beobachten, was die Hilfsköche zubereiteten. Die unglaublichsten Düfte drangen zu uns herüber, und mir lief das Wasser im Mund zusammen.

„Mmmmh ... riecht das lecker. Bald werden wir wissen, wer von diesen Köchen der beste ist", sagte ich.

„Quentin, das hier ist nicht das *Kochduell*", entgegnete India. „Die Typen kochen nicht um die Wette, sie geben nur ein paar Kostproben ihres Könnens."

In diesem Augenblick hielt am Straßenrand eines von diesen uralten gelben Taxis, die man aus Filmen wie *Frühstück bei Tiffany* kennt. Ich wette, es war das letzte seiner Art in ganz New York. Eine große Frau in einem bodenlangen schwarzen Abendkleid stieg aus, gefolgt von einem riesigen Kerl in einem zweireihigen Anzug. Die Frau winkte dem Publikum mit ihrer weiß behandschuhten Hand zu. „Hallo, ihr Lieben!“, rief sie mit rauer Stimme. Und die Zuschauer jubelten ihr zu.

Als ich ihre heisere Stimme hörte, zuckte ich unwillkürlich zusammen und fragte mich, ob sie im Laufe der Jahre in der Küche zu viel Rauch abbekommen hatte. „Wer ist das?“, fragte ich India. „Und wie will sie in dem langen Fummel kochen?“

India holte eine zerfledderte Ausgabe eines Feinschmeckerführers aus ihrem Rucksack und klatschte sie mir aufs Knie. „Sag mal, muss ich denn alles allein machen? Schließlich ist es auch *dein* Geburtstag!“

Ich schlug das Fress-Handbuch auf und überflog einen Artikel über die vier besten Köche der Stadt. Unter ihnen war nur *eine* Frau. „Wladimira Kontscharowna, die Chefköchin vom *Kaviarpalast*, stimmt's?“

„Bingo!“

Wir beobachteten, wie Wladimira die Bühne betrat. Der Schlägertyp stellte sich an unserer Bühnenseite auf, verschränkte die Arme und starrte grimmig ins Publikum. Wladimira hauchte einen Kuss in die Richtung von Deborah Hudsons Wange.

„Deborah! Meine Liebe! Stolperst du immer noch von einem Skandal in den nächsten?“

Deborah hauchte ebenfalls einen Luftkuss in die Nähe von Wladimiras Gesicht. „Wladimira, wie schön, dich zu sehen. Du siehst großartig aus für eine Frau in deinem Alter!“

Wladimira schüttelte sich vor Lachen. „Deborah, Deborah, Deborah. Mit 30 habe ich mich noch gefragt, was die Leute von mir halten. Aber jetzt frage ich mich nur noch, was *ich* von *ihnen* halten soll.“ Sie musterte Deborah abfällig von oben bis unten, als wollte sie sagen: *nicht viel.*

Es war klasse, in der ersten Reihe zu sitzen. Wir bekamen alles mit, was auf der Bühne geschah.

„Sieh dir nur das falsche Lächeln der beiden an“, sagte ich.

„Die lächeln nicht“, stellte India fest. „Sie fletschen die Zähne.“

Wladimira begab sich zu ihrem Platz im hinteren Teil der Bühne, und Deborah stakte auf ihren hohen Absätzen los, um den nächsten Gast zu begrüßen. Aus einer überlangen schwarzen Limousine sprang ein durchtrainierter, rothaariger Kerl heraus und stürmte die Stufen zur Bühne hinauf. Er zog eine Riesenshow ab, tänzelte hin und her und schlug mit den geballten Fäusten in die Luft wie ein Boxer beim

Training. Dann hob er die Arme, als hätte er gerade beim Schattenboxen gesiegt. Das Publikum tobte, und eine Horde Mädchen stürmte auf die Bühne, um ein Autogramm zu ergattern.

Ich warf einen Blick in den Gourmetführer. „Ich vermute, das ist Danny Moran, der Koch vom *Turf Club*?"

„Allerdings", sagte India. „Und den kannst du gleich wieder vergessen, Quentin. Der Typ wird auf keinen Fall auf unserer Party kochen. Riesige Fleischstücke entsprechen nicht meiner Vorstellung von einer gepflegten Mahlzeit."

„Meiner auch nicht. Etwas guten Geschmack kannst du mir ruhig zutrauen!"

Deborah Hudson begrüßte auch Danny Moran mit einem Kuss. Doch anders als der, den sie per Luftpost an Wladimira verschickt hatte, landete dieser genau auf Dannys Lippen.

„Hi, Liebling", sagte er. „Du siehst klasse aus."

„Danke, dass du gekommen bist, Danny", hauchte sie. Dann beugte sie sich vor und flüsterte ihm etwas ins Ohr.

„Irgendwie habe ich das Gefühl, dass Danny und Deborah mehr sind als nur Freunde", bemerkte ich.

„Das sieht ja wohl ein Blinder mit Holzauge", meinte India.

Deborah nahm Danny am Arm und führte ihn zu der

Sitzreihe im hinteren Teil der Bühne. „Nimm doch neben Wladimira Platz, Danny.“

„Danny“, sagte Wladimira mit ihrer rauchigen Stimme. „Was für eine angenehme Überraschung.“

„Oh, das hätte ich mir nie entgehen lassen, Wladimira, altes Haus.“

„Ich habe letzten Monat einen Artikel über dich gelesen, Danny“, stichelte Wladimira. „Du weißt schon, den, in dem du dich als Architekt deines eigenen Erfolgs beschrieben hast.“

„Ja, das war ein netter, kleiner Artikel, nicht wahr?“, antwortete Danny. „Wie fandest du ihn?“

„Ach, ich sagte mir, wie gut für Danny, dass gerade kein Inspektor der Baubehörde in der Nähe war, als er an seinem Erfolg gebaut hat.“ Wladimira kicherte über ihren eigenen Witz.

Doch Danny ließ sich nicht von ihr reizen. „Du bist verrückt nach mir, stimmt's, Wladi-Baby?“, sagte er laut und schlug ihr so heftig auf den Rücken, dass sie kurz aufhustete. An der Seite machte ihr Leibwächter eine abrupte Bewegung, als wollte er auf die Bühne stürmen und Wladimira vor Danny beschützen.

Aber offenbar konnte Wladi-Baby gut auf sich selbst aufpassen. „Versuch das nochmal, Dannylein, und du verlierst deinen Arm.“ Ihre Stimme war so kalt wie ein Eissturm in der Arktis.

Danny lachte zwar, aber er war so blass geworden wie ungebackener Hefeteig.

„Mann, diese Wladimira ist vielleicht ein Monster", wisperte ich India zu.

„Sie wird nicht umsonst der *Russische Wolfshund* genannt", flüsterte India zurück.

Ein paar Minuten später traf der nächste Koch in einem pinkfarbenen Cabrio ein. Er trug einen knöchellangen Hermelinmantel und eine extrem geschmacklose lila Sonnenbrille. Als er dem Publikum zuwinkte, hätte uns das von seinen unzähligen Ringen reflektierte Sonnenlicht beinahe erblinden lassen.

„Das ist Paul Zachary, der Besitzer des Restaurants *Gebratene Taube*. Meine Eltern haben da letztes Jahr ihren Hochzeitstag gefeiert", informierte mich India.

Paul Zachary schlenderte auf die Bühne, winkte dem Publikum zu, verbeugte sich und vermittelte den Eindruck, alle Zeit der Welt zu haben. Nach einer kurzen Plauderei mit Deborah gesellte er sich zu den anderen Köchen und wurde von Wladimira Kontscharowna und Danny Moran mit ein paar Bosheiten begrüßt.

„Paul, mein Lieber", stichelte Wladimira. „Schön, dich zu sehen. Erst gestern dachte ich, dich im Fernsehen entdeckt zu haben. Doch dann war es nur irgendein lächerlicher Hobbykoch."

„Ein verständlicher Fehler für eine Person in deinem fortgeschrittenen Alter", konterte Zachary. Sie hauchten einander Küsse zu, die denselben Mangel an Zuneigung verrieten, den wir schon bei Wladimira und Danny beobachtet hatten.

Danny trat einen Schritt vor und schüttelte Zacharys Hand. Sogar von meinem Platz aus konnte ich das Knirschen der Ringe hören, als Danny zupackte. „He, Alter, was kochst du so?"

Zachary verzog hochnäsig das Gesicht. „Etwas, das nur geringfügig anspruchsvoller ist als eine Rinderhälfte."

Danny lachte und klopfte Zachary herzhaft auf den Rücken. Die Wucht des Schlags ließ Zachary vorwärts stolpern, doch er fing sich wieder. Nachdem er Danny mit Blicken durchbohrt hatte, setzte er sich und begann, seinen Pelzmantel glatt zu streichen. Alle drei Köche sprachen kein weiteres Wort mehr miteinander.

„Ich wusste gar nicht, dass Kochen zu den Kampfsportarten zählt", bemerkte ich.

„Oder dass es Ähnlichkeit mit einem Hahnenkampf hat", sagte India. „Und Paul Zachary werden wir übrigens auch nicht beauftragen. Überleg doch nur, wie viele arme Tiere für seinen Mantel sterben mussten."

Ich tätschelte ihre Schulter. Sie vibrierte beinahe vor Wut. „Schon gut, India. Der Typ kommt nicht infrage."

Ich hatte das Gefühl, dass India am liebsten mit dem Lippenstift in der Hand auf die Bühne gestürmt wäre, um sich den Mantel vorzuknöpfen. Zum Glück fuhr genau in diesem Moment ein olivgrüner, militärisch aussehender Geländewagen vor. Als die Tür aufging, konnten wir einen ersten Blick auf Julius LaCroix erhaschen. Begleitet wurde er von einem jüngeren Mann, der ihm beim Aussteigen half und dann einen Spazierstock mit silbernem Knauf reichte.

Wenn es auf der Welt einen Chefkoch gab, den selbst ein Pizzaesser wie ich sofort erkannte, dann war es Julius LaCroix. Seine Kochshow lief schon im Fernsehen, als ich noch ein kleines Kind war. Er winkte dem Publikum zu, das respektvoll applaudierte.

Als er an uns vorbeihumpelte, sprang India plötzlich auf. „Entschuldigen Sie, Mr LaCroix? Ich möchte Ihnen für die Ehrenkarten danken, die wir von Mrs Lester bekommen haben. Ich bin India Riggs, und das ist mein Freund Quentin Marlon."

Der Koch blieb stehen, stützte sich schwer auf seinen Stock und schüttelte Indias ausgestreckte Hand. „Herzlich willkommen. Schön, dass ihr hier seid." Der Typ, der ihm aus dem Wagen geholfen hatte, lächelte uns zu.

India setzte sich wieder hin und krallte ihre Hand in meinen Arm. „Ist das nicht irre? Stell dir vor, der beste Koch von ganz New York kocht vielleicht auf unserer Party! An unserer Schule werden alle vor Neid erblassen!“

„Und ob“, murmelte ich ihr zuliebe. Ich hatte sie noch nie so aufgeregt erlebt. Normalerweise war es ihr egal, was die anderen dachten – das zeigte sich schon an der Art, wie sie sich anzog. Ich fragte mich, ob sie Sutton van Dummkopf beeindrucken oder mir wegen Nicole Venuto eins auswischen wollte.

Inzwischen hatte LaCroix es mithilfe seines Assistenten geschafft, die Stufen zur Bühne hochzuhumpeln. Deborah Hudson kam auf ihn zugeflattert. „Monsieur LaCroix, ich bin so froh, dass Sie kommen konnten.“ Sie packte seine Hand und schüttelte sie kräftig auf und ab.

„Es ist mir ein Vergnügen, Mrs Hudson“, sagte LaCroix mit seiner tiefen Stimme. „Kennen Sie meinen Assistenten, Robbie McGrath?“

„Aber ja“, sagte Deborah und bedachte ihn mit einem aufgesetzten Lächeln. „Aber sein Buch kenne ich natürlich noch viel besser.“

Robbie ignorierte Deborah demonstrativ und drehte ihr den Rücken zu, um Julius zu seinem Platz zu führen.

India sah mich mit hochgezogenen Brauen an. Ich erwiderte den skeptischen Blick.

Julius begrüßte seine Kollegen, nachdem Robbie ihn verlassen und sich ein paar Plätze neben India und mir hingesetzt hatte. „Wladimira“, sagte er. „Ich hoffe, Sie hatten einen schönen Urlaub in Moskau. Wenn ich mir vorstelle – 30 Tage bei Temperaturen unter null Grad. Nur *Sie* können sich da wohl fühlen.“

Wladimira zeigte ihre Zähne und machte sich nicht einmal die Mühe, ihren Hass zu verbergen. „Ich bin so froh, dass Ihre Operation gut verlaufen ist. Ich hörte, man hat Ihnen die Herzklappen von Schweinen eingepflanzt. Sagen Sie, wie fühlt man sich mit dem Herzen eines Schweins?“

„Immer noch besser als mit der Seele einer Küchenschabe“, konterte Julius. Dann wandte er sich Danny zu. „Ah, Mr Moran. Zu schade, dass Sie das neue Restaurant auf Long Island nicht bekommen haben. Dort hätte man von Ihrer Kochkunst profitieren können. Obwohl – vielleicht auch nicht, denn McDonald's und Burger King sind dort ja bereits vertreten.“

„Julius, alter Kumpel, Sie sind charmant wie immer“, sagte Danny und lachte unsicher.

Als Julius Paul Zachary erreichte, fragten wir uns schon, welche Komplimente er wohl als Nächstes austeilen würde. Doch er humpelte wortlos an ihm vorbei, als wäre er Luft für ihn. Endlich erreichte der alte Koch seinen Platz. Er hatte sich kaum hingesetzt, als auch schon einer der Nachwuchsstars, die bisher im Hintergrund vor sich hin gekocht hatten, angesaust kam und sich auf den Stuhl neben ihn fallen ließ.

„Sag mal, wer ist der Typ, der da mit Julius redet? Es macht den Eindruck, als würde der alte Julius alles dafür geben, ihn möglichst schnell loszuwerden."

„Hmmm ... er sieht aus wie der Chefkoch aus *Leicht und lecker*, dieser neuen Kochsendung."

„So lecker sieht er gar nicht aus."

„Damit sind doch die Speisen gemeint, du Dussel."

Bevor ich mich für den *Dussel* revanchieren konnte, trat Deborah Hudson ans Mikrofon und tippte kurz darauf, um zu sehen, ob es eingeschaltet war.

„Willkommen zum zwölften alljährlichen New Yorker Gourmet-Festival!"

Viele Köche verderben den Brei

Ohrenbetäubendes Geschrei, Gejubel und Applaus. Von beiden Seiten der Bühne stiegen große Bündel von roten und weißen Luftballons zum Himmel auf.

„Mein Name ist Deborah Hudson, und als Schirmherrin des diesjährigen Festivals möchte ich Ihnen unsere Starköche in der Reihenfolge vorstellen, in der die Leser des *New-York-Feinschmeckerführers* sie gewählt haben."

Deborah Hudson fing von hinten an, mit der Nummer vier: Danny Moran. Dann kam Nummer drei: Wladimira Kontscharowna, Nummer zwei: Paul Zachary, und schließlich die unangefochtene Nummer eins: Julius LaCroix.

Ich sah India verblüfft an. „Was ist das hier? Eine Misswahl?"

„Ja, du hast Recht. Es scheint doch eine Art Wettkampf zu sein. Kein Wunder, dass die da oben sich ständig an die Kehle gehen."

Deborah Hudson fuhr fort. „Zum Auftakt des Festivals werden unsere Chefköche aus den bereitgestellten Zutaten mit vereinten Kräften einen wundervollen Salat zubereiten. Zu Ehren des besten Kochs von New York nennen wir ihn den *Julius*-Caesar-Salat."

Das Publikum lachte, und Julius tat, als würde ihn diese Reaktion beleidigen. Als das Lachen sich in Jubel verwandelte, lächelte Julius und winkte.

Deborah wandte sich ihm zu. „Monsieur LaCroix, würden Sie uns bitte die Zutaten beschreiben?"

Julius humpelte mit seinem Stock heran und übernahm das Mikrofon. „Gern, meine Liebe", sagte er.

„Unser Caesar-Salat besteht nicht nur aus ordinärem Eisbergsalat. Wir haben hier die zartesten Blätter von Endivie, Radicchio und Feldsalat. Dazu kommen Walnüsse, fein geschnittene Birnenscheiben, Blauschimmelkäse, Anchovis, Rote Bete, Sonnenblumenkerne, hart gekochte Eier und noch viele andere Köstlichkeiten. Und nicht zu vergessen: mein berühmtes, streng geheimes Caesar-Salat-Dressing."

Er gab das Mikrofon an Deborah zurück und humpelte wieder an seinen Platz am Ende des Tisches. „Vielen Dank, Monsieur LaCroix", sagte Deborah. „Und jetzt möchte ich Danny Moran bitten, sich einen Salatteller zu nehmen, eine Zutat auszuwählen und den Teller dann an Mrs Kontscharowna weiterzureichen, die ebenfalls eine Zutat beifügt und den Teller dann an Mr Zachary weitergibt. Zuletzt wird Monsieur LaCroix etwas hinzufügen. Und wenn Sie fertig sind, Monsieur, bekomme ich den Teller – und esse den Salat allein!"

Das Publikum brüllte vor Lachen.

„Das war natürlich ein Scherz!", rief Deborah, und die Strahler auf der Bühne ließen ihr blondes Haar aufleuchten. „Was meint ihr, Leute? Haben unsere großartigen Chefköche den ersten Salat verdient?"

Alles jubelte begeistert.

„Wundervoll! Monsieur LaCroix als unser Ehrengast darf zuerst probieren, und dann sind die anderen Herrschaften an der Reihe. Und wenn Sie Glück haben", sagte sie zum Publikum, „werden auch einige von Ihnen diesen köstlichen Salat probieren dürfen. Alles bereit?"

Die Köche nickten, und das Publikum stieß wilde Anfeuerungsrufe aus.

„Dann nichts wie los!"

Mit großer Geste ergriff Danny Moran den ersten Teller und ließ eine Hand voll Grünzeug darauf fallen. Er reichte den Teller an Wladimira weiter, die Sonnenblumenkerne darüber streute. Paul Zachary zog eine große Show ab und entschied sich schließlich für einen Löffel voll Croutons.

Als der Teller bei Julius ankam, gab er einen Schuss Salatdressing dazu und geriet dabei mit dem Stock in der einen und dem Teller in der anderen Hand ins Stolpern. Zum Glück klebte der Nachwuchskoch Billy Rose immer noch an seiner Seite und konnte verhindern, dass die graue Eminenz der Köche vor großem Publikum auf die Nase fiel.

Ins Mikrofon sagte Deborah: „Mir scheint, unsere Köche sind halb verhungert! Monsieur, warum kosten Sie nicht diesen wundervollen Salat?"

Julius humpelte zum Tisch und perfektionierte den Salat noch mit einem Löffel voll Walnusskerne. Er stach mit einer Gabel in den Salat, zog einen Riesenberg Grünzeug daraus hervor und öffnete den Mund. Doch dann machte er eine Kunstpause, schwenkte die Gabel hin und her und neckte damit die hungernden Zuschauer. Alle taten so, als flehten sie ihn um eine Kostprobe an.

„Ich, ich!“, schrie Billy. „Ich habe schrecklichen Hunger!“

„Du armer Kerl“, sagte Julius. „Komm schon, du darfst zuerst probieren. Du weißt doch, Schönheit kommt vor Alter.“ Er reichte Deborah Hudson den Teller und die Gabel, weil sie direkt neben Billy Rose stand. „Bitte geben Sie das an meinen hungrigen Freund weiter, den künftigen Fünf-Sterne-Koch Billy Rose.“

Mit breitem Lächeln überreichte Deborah Teller und Gabel an Billy, der sich mit einer großen Geste eine Riesenladung Grünzeug in den Mund stopfte. Beim Kauen hob er beide Fäuste zu einer Siegerpose, die ich bisher nur aus Rocky-Filmen kannte. Die Zuschauer flippten total aus, als die Köche hastig begannen, noch mehr Salate zuzubereiten. Kurz darauf hatten alle einen Teller, auch Deborah Hudson. Weitere Salatteller wurden an die Zuschauer durchgereicht. Auch India und ich schnappten und teilten uns einen Teller.

Zwischen zwei Bissen sagte India: „Diesen Salat müssen wir unbedingt auf unserer Party servieren, meinst du nicht?“

Ich war zu sehr mit Kauen beschäftigt, um zu antworten.

„He, friss nicht alles alleine auf!“ India riss mir den Teller weg und verschlang mit einem Riesenbissen den Rest des Salats.

Als ich mich nach einem weiteren Teller umschaute, sah ich, wie Billy Rose auf der Bühne herumtorkelte und sich an die Kehle griff. Die Leute brüllten vor Lachen über seine Albernheit, doch den anderen Köchen schien das nicht zu gefallen. Plötzlich ließ Billy Teller und Gabel fallen, beugte sich vor und übergab sich. Dann fasste er sich ein letztes Mal an die Brust und brach zusammen.

Wir rannten auf die Bühne. India hatte blitzschnell ihr Handy herausgeholt und wählte die Notrufnummer. Billy lag mit verdrehten Augen da und gab gurgelnde Laute von sich. Speichel bedeckte seine Lippen – von anderem Zeug ganz zu schweigen.

„Mr Rose!“, rief ich. „Können Sie mich hören?“

Keine Reaktion. Mein Blick wanderte zu dem zerbrochenen Salatteller neben ihm. Dann sah ich Deborah Hudson an und schrie: „Holen Sie einen Arzt! Schnell!“

Jetzt sah Deborah nicht mehr aus wie eine Laufstegschönheit. Sie umklammerte das Mikro und krächzte: „Ist ein Arzt anwesend? Bitte, wir brauchen dringend einen Arzt!“

Auf einmal war die Bühne voll von Menschen. Blitzlichter zuckten, und Kameraleute drängten sich nach vorn. Alle schrien aufeinander ein oder in ihre Handys. Die Zuschauer waren verunsichert. Einige standen mit offenem Mund da, andere weinten. Und wie typische New Yorker drängten viele von ihnen nach vorn, um alles aus nächster Nähe zu sehen. Einer der Techniker kniete neben Billy. Er hielt ihm die Nase zu und beugte sich über ihn, um ihn zu beatmen.

Ich packte den Mann an der Schulter und riss ihn zurück, bevor sein Mund den von Billy berühren konnte. „Lassen Sie das! Keine Mund-zu-Mund-Beatmung!“

„Spinnst du, Junge?“

„Es ist zu spät“, sagte ich. „Er ist tot. Und wenn Sie seinen Mund mit Ihrem berühren, könnten Sie genauso enden.“

„Was redest du da, Quentin?“, fragte India.

„Er ist nicht erstickt“, sagte ich. „Es war der Salat. Billy Rose ist vergiftet worden.“

Radicchio, Feldsalat und Mord

„Vergiftet?", kreischte Deborah Hudson. „Oh, mein Gott! Warum muss das ausgerechnet mir passieren?" Theatralisch schluchzend stolperte sie davon.

„Echt bühnenreif", murmelte India. „Quentin, bist du sicher?", fragte sie dann.

„Allerdings." Mir war schlecht, und ich fürchtete bereits, dass auch ich meinen Salat wieder von mir geben würde. Wir waren gerade Augenzeugen eines kaltblütigen Mordes geworden.

India holte die Digitalkamera heraus, die ihre Mutter ihr geliehen hatte, und knipste drauflos. So war sie eben – selbst in Krisensituationen immer cool und damit die perfekte Detektivpartnerin.

Sekunden später kam ein Rettungswagen mit quietschenden Reifen auf dem Hotelplatz zum Stehen, und drei Sanitäter stürmten auf die Bühne. Einer streifte Billy eine Sauerstoffmaske über, während die beiden anderen sein Herz massierten und ihm eine Injektion in den leblosen Arm gaben. Doch nichts davon zeigte irgendeine Wirkung.

Die Starköche hatten sich vor lauter Entsetzen in eine Ecke der Bühne verzogen. „Wie schrecklich! Wie schrecklich!“, sagte Wladimira immer wieder zu ihrem Leibwächter. Das Gesicht von Paul Zachary hatte eine ungesunde grüne Farbe angenommen, die einen interessanten Kontrast zu seinem Hermelinmantel bildete. Julius war auf einem Stuhl zusammengesackt und hyperventilierte in eine Papiertüte. Sein Assistent Robbie, der erstaunlich gelassen aussah, beugte sich über ihn und versuchte, ihn zu beruhigen. Danny Moran hatte seine Arme um Deborah Hudson gelegt und tätschelte ihr den Rücken, während sie ihre dolchartigen Fingernägel in seinen Oberarm krallte.

Mit blinkenden Lichtern und heulenden Sirenen kamen drei Einsatzfahrzeuge der Polizei angerast. Ein halbes Dutzend Beamte sprang aus den Wagen. „Die Bühne räumen! Alles runter! Die Show ist vorbei!“, schrien sie und vertrieben die Fotografen und Kameraleute von der Bühne.

Die Sanitäter hatten es inzwischen aufgegeben, Billy wiederzubeleben. Sie bedeckten ihn mit einem Tuch und packten ihre Ausrüstung wieder ein. Er war tot.

20 Minuten später waren die Beamten mit der Befragung der Starköche und ihres Gefolges fertig. India und ich machten uns noch Notizen, als ein Zivilbeamter auf uns zukam und sich als Inspektor Patrick

Cooper vorstellte. „Die Dame sagte, dass du der Meinung bist, der Mann hier wäre vergiftet worden", bemerkte er. „Ist es nicht wahrscheinlicher, dass er einen Herzinfarkt oder so etwas hatte?"

„Sehen Sie sich das doch mal an", sagte ich und zeigte auf den Salat, den Billy hatte fallen lassen.

„Salatblätter ... Croutons ... sieht aus wie Walnüsse", sagte Inspektor Cooper. „Kommt mir nicht ungewöhnlich vor. Worauf willst du hinaus?"

Ich ging in die Hocke, und um keine Beweismittel zu zerstören, zeigte ich nur auf ein dunkelgrünes, glattes und glänzendes Blatt.

„Sehen Sie, dass das dunkelgrüne Blatt kein Salatblatt ist?"

„Was ist es dann, Quentin?", fragte India.

Ich stand wieder auf. „Es ist Oleander. Gehört zur Gattung *Nerium* oder Hundsgiftgewächse. Er ist eine verbreitete Zierpflanze, die man in vielen Gärten findet. Und auch in Blumenkübeln wie diesen." Ich zeigte auf die Kübel, die rund um die Bühne standen. „Oleander ist hochgiftig."

Inspektor Cooper zog mich und India zum Rand der Bühne, weg von seinen Kollegen, die gerade die Techniker und andere Augenzeugen befragten.

„Was bist du, eine Art Amateurgärtner?", fragte er.

„Amateurdetektiv trifft es eher", antwortete ich.

„India und ich sind Detektive. Über Pflanzen allgemein weiß ich nicht viel, aber mit Pflanzengiften kenne ich mich gut aus. Das ist ein Hobby von mir. Tollkirsche, Eisenhut, Narrenkraut – das alles sind weit verbreitete Pflanzen, die einen umbringen, wenn man dumm genug ist, sie zu essen. Aber Oleander ist eine der giftigsten Substanzen, mit denen man im täglichen Leben zu tun hat."

„Tatsächlich?", fragte Inspektor Cooper. „Und du sagst, ihr seid Detektive?"

„Wir haben Inspektor Krakowski bei einigen Fällen geholfen", erklärte India. „Einmal im Zoo in der Bronx und einmal im Museum für Naturgeschichte, wo Quentins Vater arbeitet. Meine Mutter ist Kim Riggs, die Gerichtsmedizinerin."

Inspektor Cooper nickte. „Und wie kommt ihr darauf, dass es kein Unfall war?"

„Weil Oleander in der Regel nicht zufällig in einem Salat landet", sagte ich.

Inspektor Cooper sah mich und India nachdenklich an. „Wenn ihr Recht habt, haben wir es hier mit einem Mord zu tun." Er winkte ein paar Männer heran, auf deren Jacken *Spurensicherung* aufgedruckt war.

„Ich will, dass dieser Salat als Beweismittel gesichert wird", ordnete er an. „Er war die letzte Mahlzeit des Opfers."

Dann sah er wieder India und mich an. „Wer hat den Salat gemacht?“

„Alle Chefköche haben dazu beigetragen. Wladimira Kontscharowna, Danny Moran, Paul Zachary, Julius LaCroix – jeder von ihnen hat eine der Zutaten hinzugefügt. Und Deborah Hudson hat den Teller an Billy Rose weitergereicht. Die Frage ist nur, wer den Oleander untergemischt hat. Und das haben wir dummerweise nicht gesehen.“

„Hat sich jemand von den Leuten auf der Bühne ungewöhnlich verhalten?“, fragte Inspektor Cooper.

„Ich würde sagen, das haben sie alle“, antwortete India.

„Wieso das?“

„Nun, es war nicht zu übersehen, wie sehr sie sich hassen“, sagte sie. „Wenn Blicke töten könnten, lägen hier jetzt vier tote Chefköche und nicht nur einer. Aber warum wurde gerade der Nachwuchskoch umgebracht, der mit niemandem verfeindet zu sein schien? Das ergibt doch keinen Sinn.“

„Mord ist immer eine ziemlich sinnlose Handlung, Miss Riggs“, belehrte Inspektor Cooper sie. Und dem konnten wir natürlich nicht widersprechen. Er notierte sich unsere Adressen und Telefonnummern und sagte, dass er wahrscheinlich später noch weitere Fragen an uns haben würde.

Der Tatort war mittlerweile abgesperrt, und Deborah Hudson und die anderen Chefköche waren nirgendwo zu sehen. Jedoch fuhr gerade der Leichenwagen der Gerichtsmedizin vor. India verrenkte sich den Hals, um den Fahrer zu erkennen. „Das ist Dave Wisner, der Assistent meiner Mutter", sagte sie. „Dave!", rief sie und winkte dem dicken Mann mit der Halbglatze zu, der gerade aus dem Wagen stieg.

„India?", sagte er und spähte sie durch seine dicken Brillengläser an. „Was machst du denn hier?"

„Wir haben gesehen, wie es passiert ist!", berichtete India aufgeregt. „Ein Mann ist gestorben – ermordet worden –, direkt vor unseren Augen! Es war furchtbar!"

„Wir sollten keine voreiligen Schlüsse ziehen", beschwichtigte Dave sie. „Er kann genauso gut an einem Gehirnschlag, einem Herzinfarkt oder –"

„Er wurde vergiftet", unterbrach ich ihn. „Mit Oleander. Ich bin ganz sicher. Prüfen Sie es nach."

India und ich begleiteten Dave zu Billys Leiche, die immer noch von Polizisten umgeben war. Die Beamten machten dem Gerichtsmediziner respektvoll Platz. Dave zog Handschuhe an und hockte sich neben die Leiche.

Ein paar Minuten später richtete er sich wieder auf, riss die Handschuhe herunter und ging mit uns zu

Inspektor Cooper, der sich gerade Notizen machte. „Ich muss zwar noch auf den toxikologischen Befund der Blut- und Speichelproben warten“, berichtete er und putzte seine Brille mit dem Hemdzipfel. „Aber angesichts der Schwellung von Kehle und Augen und der typischen Blaufärbung der Haut würde ich sagen, dass India und ihr Freund Recht haben. Das Opfer ist sehr wahrscheinlich vergiftet worden.“

Gerüchteküche

Dave hatte kaum ausgesprochen, als India sich auch schon von ihm verabschiedete, mich am Arm packte und praktisch von der Bühne zerrte. „Los, Quentin, komm schon.“

„Warum die plötzliche Eile?“, keuchte ich, als wir uns durch die deutlich gelichtete Menschenmenge auf die Fifth Avenue vorarbeiteten.

„Ich wollte nur verschwinden, bevor du auf die Schnapsidee kommst, dass wir in diesem Fall ermitteln könnten.“

„Ich?“, fragte ich und zuckte unschuldig mit denn Schultern. „Wieso sollte ich mich dafür interessieren, in einem Mordfall zu ermitteln? Und überhaupt – wer hat denn die Fotos vom Tatort gemacht?"

„Quentin, du spielst mit deinem Leben", drohte mir India. „Ich habe diese Fotos nur für den Fall gemacht, dass die Polizei etwas übersieht. Aber wir haben genug anderes zu tun und können uns nicht auch noch um einen vergifteten Salat kümmern. Wir müssen unsere Party planen, schon vergessen?"

„Ha!", sagte ich und stellte meine Falle auf. „Das ist es ja gerade. Wer immer diese Oleanderblätter in den Salat gemischt hat, wollte nicht Billy Rose vergiften. Sie waren für Julius LaCroix gedacht."

India blieb wie angewurzelt stehen. „Ich glaube, du hast Recht", sagte sie einen Moment später. „Billy kann nicht das Ziel des Anschlags gewesen sein."

„Aber trotzdem ist er jetzt tot", sagte ich und ließ die Falle zuschnappen. „Wie traurig. Es ist schon schlimm genug, so jung sterben zu müssen, aber dann auch noch das *zufällige* Opfer eines Mordanschlags zu sein ... der arme Billy Rose. Ein angehender Star, bei allen beliebt. Er hatte noch alles vor sich."

Und schon war India mir auf den Leim gegangen.

„Mir ist gerade eines klar geworden", sagte sie und packte meinen Arm. „Wenn dieser Salat für Julius LaCroix gedacht war, bedeutet das, dass da draußen immer noch jemand ist, der ihn tot sehen will."

Wir waren erst ein paar Straßen weiter gekommen und standen jetzt vor der St.-Patricks-Kathedrale, auf deren Eingangsstufen ebenfalls eine große Bühne für das Gourmet-Festival aufgebaut war. Überall standen Scheinwerfer und Mikrofonanlagen herum, und auch die Schienen für die fahrbaren Kameras waren schon in ihre Position gebracht. Auf der Bühne stand eine voll ausgestattete Küche mit einer rund drei Meter langen Arbeitsplatte, einem Gefrierschrank und einem Riesenherd mit acht Platten.

Auf einem großen Spruchband im Hintergrund war Folgendes zu lesen: *Die Gourmet-Zone von Chefkoch Julius LaCroix (Restaurant L'Aventure)*. Der bekannte olivgrüne Geländewagen parkte am Ende des Blocks neben einem Wohnwagen, und so wussten wir, dass Julius LaCroix – und Robbie McGrath – in der Nähe waren. Eine große Tafel auf der Straße vor der Bühne lud uns ein: *Sehen Sie Chefkoch LaCroix über die Schulter. Sonntag, 28. März, 16 Uhr.*

„Das ist morgen", stellte ich fest.

„Die Live-Übertragung von Julius' Kochshow ist immer der Höhepunkt des Festivals", erklärte India. „Ich habe mir den Termin rot im Kalender angestrichen. Ich würde die Sendung für nichts in der Welt verpassen."

„Das will Julius sicher auch nicht", sagte ich. „Vorausgesetzt, dass er morgen noch lebt."

„Wir müssen ihn warnen", entfuhr es India. „Aber wie sollen wir ihn finden?"

„Indem wir jemanden suchen, der uns dabei hilft."

Am Rand der Bühne entdeckten wir Robbie. Er sprach mit einer Frau des Veranstaltungsteams, die den Technikern gerade Anweisungen gab. Wir gingen zu ihm und stellten uns vor.

„Sie müssen der Assistent von Julius LaCroix sein", sagte ich. „Wir haben Sie vorhin zusammen gesehen."

„Ja, ich erinnere mich an euch beide. Übrigens war ich es, der Mrs Lester die Ehrenkarten für euch gegeben hat. Mein offizieller Titel ist *Leitender Berater und Koordinator für Öffentlichkeitsarbeit*", belehrte uns Robbie. „Aber man kann auch sagen, dass ich sein persönlicher Assistent bin. Was kann ich für euch tun?"

„Wir müssen mit Mr LaCroix über Billy Rose sprechen", drängelte ich. „Er ist ermordet worden – vergiftet."

Ohne mit der Wimper zu zucken, winkte Robbie der Frau zu, die die Techniker einwies, und ordnete an: „Ich will fünf davon haben, Marjorie."

Mich erstaunte sein Mangel an Überraschung, und ich musste wieder daran denken, wie gelassen er Billys qualvolles Sterben aufgenommen hatte. Er zog uns zur Seite. „Es ist eine Tragödie. Einfach eine Tragödie. Der arme Junge. So viel Talent, dahin mit nur einem Fingerschnippen! Julius ist vollkommen aufgelöst."

„*Sie* doch sicher auch", bemerkte India spitz. „Das ist wahrscheinlich jeder, der es miterlebt hat."

„Allerdings. Aber was können wir schon tun? Das Leben geht nun einmal weiter."

Am liebsten hätte ich ihm etwas mitten ins Gesicht geklatscht – vielleicht einen toten Fisch, nur um zu sehen, ob er dann irgendeine Reaktion zeigte. Und ich konnte India ansehen, dass sie dasselbe dachte.

„Wir möchten mit Mr LaCroix darüber sprechen, warum jemand versucht hat, ihn umzubringen", sagte India.

„Julius?", fragte Robbie schockiert – endlich eine Gefühlsregung. Bisher hatte er mich an Commander Data erinnert, den Androiden aus *Star Trek – Das nächste Jahrhundert.*

„Ja", ergänzte ich. „Wir glauben, dass Billy Rose nur zufällig Opfer des Giftanschlags wurde."

„Wie meint ihr das?", fragte Robbie.

„Wir nehmen an, dass jemand versucht hat, Mr LaCroix umzubringen", erklärte India. „Immerhin hat Deborah Hudson angekündigt, dass *er* den Salat essen würde. Es war nur ein Zufall, dass er es nicht getan hat. Und wir fürchten, dass der Mörder es noch einmal versuchen könnte. Ihr Chef muss erfahren, in welcher Gefahr er schwebt."

„Du meine Güte", sagte Robbie. „Das muss ich Julius sofort sagen."

India und ich nickten zustimmend.

„Das sollten Sie", pflichtete India ihm bei. „Außerdem würden wir sehr gern selbst mit ihm sprechen."

„Tut mir Leid", sagte Robbie und marschierte auf den Wohnwagen zu. „Das wird leider nicht möglich sein. Die Nerven von Mr LaCroix sind heute schon stark strapaziert worden, und da er morgen einen anstrengenden Tag vor sich hat, braucht er jetzt seine Ruhe. Ich werde ihm natürlich sagen, was ihr mir erzählt habt, aber darüber hinaus kann ich euch leider nicht –"

„Bitte, Mr McGrath!" Jetzt wurde India laut. „Vielleicht hat Mr LaCroix einen Verdacht, wer es auf ihn abgesehen hat. Wir müssen unbedingt persönlich mit ihm sprechen."

„Nicht so laut! Was fällt dir ein!", fauchte Robbie.

In diesem Moment kam Julius LaCroix aus seinem Wohnwagen. „Worüber möchten diese jungen Leute mit mir sprechen?"

Trotz der lautstarken Einwände seines Assistenten erklärten wir ihm hastig, dass unserer Ansicht nach der tödliche Salat eigentlich für ihn bestimmt war.

„Aber warum sollte mich jemand umbringen wollen?“, fragte er fassungslos. Er war bleich geworden, und seine Augenlider zuckten nervös.

Auf diese Frage hatten wir allerdings keine Antwort.

„Sie könnten zur Polizei gehen und um Schutz bitten“, schlug ich vor.

Julius schien mich nicht gehört zu haben. Er starrte geistesabwesend vor sich hin. Ich fühlte mich schrecklich. Julius war eigentlich ein großer Mann, über eins achtzig, aber es kam mir vor, als schrumpfte er vor meinen Augen.

Robbie übernahm wieder das Kommando. „Danke für eure Fürsorge“, sagte er. „Aber wir werden schon damit fertig. Auf Wiedersehen!“ Er manövrierte Julius zurück in den Wohnwagen.

„Wir wollten Sie noch etwas fragen“, begann ich, doch Robbie ließ mich nicht ausreden.

„Habt ihr noch nicht genug angerichtet? Er kann jetzt nicht mehr mit euch reden.“ Er knallte die Tür des Wohnwagens zu, ohne uns eine zweite Chance zu geben.

Was hätten wir tun sollen? Wenigstens hatten wir Julius gewarnt. Nun beschlossen wir, ihn und Robbie in Ruhe zu lassen – zumindest vorläufig.

Wir schlenderten weiter die Fifth Avenue hinunter und versuchten, Gründe dafür zu finden, warum Julius nicht mit uns reden wollte. „Es kam mir vor, als habe er Angst vor uns“, stellte India fest.

„Das ist doch verständlich“, erklärte ich. „Seit ihm klar ist, dass ihn jemand umbringen wollte, ist er wahrscheinlich total durcheinander. Und er hat keine Ahnung, wer wir sind. Aus seiner Sicht könnten auch wir den Oleander in den Salat getan haben.“

„Kann schon sein“, sagte India zweifelnd. „Aber irgendwie hatte ich den Eindruck, dass er aus einem anderen Grund Angst hatte. Meine Kopfhaut hat so ein bisschen gekribbelt.“

India ist so etwas wie ein menschlicher Lügendetektor. Wenn ihre Kopfhaut kribbelt, bedeutet das meistens, dass etwas faul ist.

Die Fifth Avenue war in einem Teilstück für den Verkehr gesperrt. In einem ehemaligen Feinkostladen war das Hauptbüro des Festivals untergebracht. Auf dem Schaufenster stand in altmodischer Schrift der Name des längst dahingeschiedenen Feinkosthändlers. Darunter war ein modernes Schild mit der Aufschrift *Hier schlägt das Herz des New Yorker Gourmet-Festivals* angebracht.

„Wollen wir reingehen und nachsehen, ob Deborah Hudson da ist?“, fragte ich. „Immerhin war sie vor Billy die Letzte, die diesen Salat in der Hand hatte. Vielleicht hat sie etwas Verdächtiges bemerkt.“

„Oder etwas Verdächtiges getan“, sagte India. „Es ist zu früh, um sie von der Liste der Verdächtigen zu streichen. Auch gut aussehende Blondinen können kaltblütig morden, Quentin.“

Der Gang ins Feinkostgeschäft war wie eine Zeitreise in die Vergangenheit. Auch wenn der Laden in der Zwischenzeit von den Mitarbeitern des Gourmet-Festivals als Büro genutzt wurde, hatte er seinen alten Charme noch nicht verloren. An der Decke hing ein Schild aus dem Zweiten Weltkrieg, auf dem stand *Schicke eine Salami an deinen Jungen an der Front*. Und der Laden roch tatsächlich noch nach Schinken und sauren Gurken.

Deborah Hudson stand mitten im Raum und war von allen möglichen Leuten belagert. Als wir gerade zu ihr hingehen wollten, betrat Danny Moran den Laden und drängte sich an uns vorbei.

„Hi, Babe“, sagte er, „alles wieder okay?“

„Danny, ich bin so froh, dich zu sehen. Hier geht es zu wie in einer Irrenanstalt. Pausenlos klingelt das Telefon!“, jammerte sie.

Danny nahm sie zur Seite, und die beiden verzogen sich in die hinterste Ecke. Wir konnten zwar nicht hören, worüber sie sprachen, aber es sah aus, als wäre Deborah Hudson wieder kurz vor einem hysterischen Anfall. Wir konnten nur Wortfetzen wie *Exmann* und *schadenfroh* und ein paar ziemlich üble Schimpftiraden aufschnappen.

„Wollen wir die Turteltauben stören?", fragte India.

„Meinst du, wir sollten?"

India grinste frech. „Na, logisch. Immerhin könnte einer von ihnen der Mörder sein. Vielleicht haben sie sogar zusammengearbeitet."

India marschierte quer durch den Raum, ich folgte ihr dicht auf den Fersen. Ein junger Typ mit einem gebügelten Hemd, einer zitronengelben Krawatte und auf Hochglanz polierten Schuhen versuchte, sie aufzuhalten, aber India rauschte nur an ihm vorbei.

„Mrs Hudson", sagte India, nachdem sie den Typen abgeschüttelt hatte, „können wir Sie bitte einen Moment sprechen?"

Unser Auftauchen schien Deborah zu erschrecken. „Wie bitte?"

„Können wir mit Ihnen darüber reden, was mit Billy Rose passiert ist? Wir untersuchen den Mord."

Deborah seufzte theatralisch und sah Danny an. „Siehst du? Es geht schon wieder los. Wir sehen uns dann später. Einverstanden?"

„Klar doch", antwortete Danny. „Ich muss sowieso zurück ins Restaurant. Heute brummt der Laden." Er zwinkerte ihr zu und schlenderte pfeifend davon. Für jemanden, der gerade Augenzeuge eines Mordes geworden war, benahm er sich eine Spur zu unbekümmert. Ich nahm mir vor, ihn später noch genauer unter die Lupe zu nehmen.

Es kostete Deborah sichtlich Mühe, sich zusammenzureißen. Dennoch sah sie India geschäftsmäßig an. „Wie kann ich euch helfen?"

„Mein Name ist India Riggs, und das hier ist mein Freund Quentin Marlon."

„Ja, ich erinnere mich an euch beide", sagte Deborah und nickte mir kurz zu. „Du warst doch derjenige, der gesagt hat, dass Billy vergiftet wurde."

„Ja, richtig. Haben Sie eine Idee, wer das getan haben könnte?"

Ich beobachtete Deborah genau, um zu sehen, ob sie sich irgendwie verriet. Würde sie schuldbewusst aussehen, rot werden oder anfangen, nervös mit ihren Fingern herumzuspielen? Nein, nichts dergleichen geschah. Sie zeigte keines der verräterischen Anzeichen dafür, dass sie etwas zu verbergen hatte.

„Nein, ich wüsste nicht, wer so etwas tun würde."

„Ist Ihnen etwas Verdächtiges aufgefallen? Irgendetwas Ungewöhnliches?", fragte India.

Deborahs Handy klingelte, und sie brauchte einen Moment, um es auszustellen. „Nein, eigentlich nicht. Es war alles wie immer. Die vier besten Köche von New York haben sich bis aufs Messer bekämpft."

„Wie meinen Sie das?“, fragte India.

„Kochen ist keine Wissenschaft, sondern eine Kunst. Und diese Meisterköche sind Künstler. Und deshalb so unberechenbar wie Rockstars.“

„Sie haben sogar Fans“, bestätigte ich.

„Das stimmt. Perfekt gemachte Speisen haben aber auch etwas Verführerisches an sich.“ Deborah steckte ihr Handy wieder ein, um ungestört weiter über die Hauptattraktionen ihres Festivals lästern zu können. „Die Meisterköche haben kolossale Egos. Jeder von ihnen ist daran gewöhnt, Herr über seine Küche zu sein, der unangefochtene Boss in seinem Revier. Der Star. Und keiner von ihnen sieht es gerne, wenn er sich das Rampenlicht mit anderen teilen muss.“

„Und Julius LaCroix ist die Nummer eins, stimmt's?“, fragte ich.

Deborah nickte. „Er ist seit Jahren der Liebling der Kritiker. Der *New-York-Feinschmeckerführer* nutzt das Festival jedes Jahr, um seine Rangliste neu festzulegen. Und wer von den Feinschmeckern auf Platz eins gesetzt wird, kann praktisch nichts falsch machen. Alle Zeitungen und Zeitschriften beten das nach, was im *Feinschmecker-Handbuch* steht.“

„Ich hätte nie gedacht, dass der Gourmetführer so einflussreich ist“, staunte India.

„Oh doch. Und die Nummer eins zu sein bringt dem

Restaurant dieses Kochs ein paar Millionen extra ein", erklärte Deborah. „Selbst Platz zwei ist noch mindestens eine Million wert. Und Julius ist jetzt schon so lange auf Platz eins, dass er sich für den Papst hält – als hätte er ein lebenslanges Anrecht auf den ersten Platz. Aber es gibt Gerüchte, dass Julius abrutscht. Die Einschaltquoten seiner Fernsehsendung sinken. Und die Leute munkeln, dass die Qualität der Speisen in seinem Restaurant *L'Aventure* neuerdings ein wenig zu wünschen übrig lässt. Viele gehen davon aus, dass Paul Zachary dieses Jahr den Titel bekommen wird."

In diesem Augenblick kam ein Mitarbeiter auf Deborah zu. „Julius LaCroix hat angerufen", berichtete er. „Er sagt, dass er morgen Mittag einen Arzttermin hat und dass wir die Interviews vor seinem Auftritt entsprechend planen sollen. Hier ist seine Nummer, falls Sie sie brauchen." Er drückte Deborah einen Zettel in die Hand und verschwand.

„Ein Arzttermin am Mittag?", fragte ich. „Um vier geht er doch schon live auf Sendung. Wird das nicht ein wenig knapp?"

„Julius wird älter", erklärte Deborah. „Er hat ein Herzleiden. Wir werden den Arzttermin eben einplanen müssen. Das ist nur eines von den tausend Dingen, an die ich denken muss."

„Können Sie uns sonst noch etwas über die Köche erzählen?“, fragte India.

Deborah überlegte kurz. „Ich könnte euch ein Exemplar von unserem Buch geben. Die müssen hier irgendwo rumliegen.“ Sie ging um einen Glastresen herum und reichte uns ein Buch mit dem Titel *Hohe Schule der Kochkunst – Die Spezialgerichte der besten Köche New Yorks*. „Julius hat das Festivalkomitee *überredet*, 5 000 Exemplare zu kaufen und sie als Werbegeschenke zu verteilen“, sagte sie. Der Sarkasmus in ihrer Stimme war unüberhörbar.

„Überredet?“, wiederholte ich.

„Er hat gesagt, dass er ohne die Bücher nicht am Festival teilnehmen würde“, erklärte Deborah. „Und da wir ihn brauchen, haben wir uns wohl oder übel darauf eingelassen. Das Buch wurde übrigens von seinem Schützling Robbie McGrath zusammengestellt. Habt ihr ihn schon kennen gelernt?“

„Allerdings“, sagte ich.

„Sie scheinen eine ausgezeichnete Menschenkenntnis zu besitzen, Mrs Hudson“, schmeichelt India. „Was halten Sie denn von diesem Robbie McGrath?“

„Er tut alles für Julius“, sagte sie kurz angebunden.

Ich beschloss, alles auf eine Karte zu setzen. „Ist Ihnen klar, dass dieser Salat nicht für Billy Rose bestimmt war? Wer immer ihn vergiftet hat, wollte eigentlich Julius erwischen."

Deborah war schockiert. „Willst du damit etwa sagen, dass Robbie McGrath versucht hat, Julius umzubringen?"

„Nein, natürlich nicht", erwiderte ich schnell. „Bisher wissen wir nicht, wer der Mörder ist. Aber ich habe mich gefragt, wer von Julius' Tod profitieren könnte."

„Nun, es ist allgemein bekannt, dass Robbie in Julius' Testament genannt wird", sagte Deborah. „Da Julius keine Kinder hat, kann man davon ausgehen, dass sein gesamter Besitz auf Robbie übergeht."

„Tatsächlich?", fragte India. „Das ist interessant."

„Natürlich ist Robbie nicht der Einzige, dem Julius' Tod einen Vorteil bringen würde." Deborah schien jetzt richtig in Fahrt zu kommen. „Nehmt zum Beispiel Paul Zachary. Wenn Julius weg wäre, könnte er die unangefochtene Nummer eins unter New Yorks Chefköchen sein. Und die beiden hassen sich nun schon so lange, dass es mich nicht wundern würde, wenn Paul der Täter wäre. Aber genug davon, jetzt muss ich wieder an die Arbeit." Sie holte ihr Handy heraus und schaltete es ein. Es klingelte sofort. „Ihr seht ja, was hier los ist."

„Alles klar", sagte India. „Vielen Dank, dass Sie sich die Zeit genommen haben, mit uns zu reden."

„Gern geschehen." Sie schüttelte uns beiden hastig die Hand und ging dann an ihr lärmendes Telefon.
Wieder auf der Straße, beschlossen wir, noch weitere Nachforschungen anzustellen.
„Wir sollten uns Paul Zachary vornehmen", schlug ich vor. „Er hatte ein Motiv und die Gelegenheit."
„Ist gut", sagte India. „Aber trotzdem sollten wir Deborah im Hinterkopf behalten. Ihr Freund Danny würde ebenfalls einen Platz aufrücken, wenn Julius das Zeitliche segnet."

Gebratene Tauben

„Lass uns zusammenfassen, was wir bisher herausgefunden haben", schlug ich vor.
„Na ja, da Billy ein junger Mann am Anfang seiner Karriere war, hatte er im Gegensatz zu seinen älteren Kollegen noch keine Feinde", begann India.
„Und jeder außer Robbie scheint Julius zu hassen", ergänzte ich. „Ich glaube immer noch, dass der vergiftete Salat für ihn bestimmt war."
„Vergiss aber nicht, dass es Deborah Hudson war, die Billy den Salatteller in die Hand gedrückt hat",

gab India zu bedenken. „Wenn sie die Mörderin ist, hatte sie es tatsächlich auf Billy abgesehen. Aber warum sollte Deborah Billy umbringen wollen?"

„Keine Ahnung", sagte ich. „Ich vermute, dass Julius das Opfer sein sollte und dass Billy einfach nur Pech gehabt hat. Und Paul Zachary würde am meisten von Julius' Tod profitieren."

India schlug im *Feinschmeckerführer* die Seite mit den Veranstaltungshinweisen auf. „Hier steht, dass Paul Zachary um drei eine Probe seines Könnens in seinem Restaurant gibt. Wie spät ist es?"

„Fünf vor drei."

„Dann sollten wir in die Hufe kommen."

Als wir die *Gebratene Taube* erreichten, neigte sich die Vorführung gerade ihrem Ende zu. Paul Zachary hatte seinen Pelzmantel abgelegt, trug aber immer noch die lila Sonnenbrille. Auf der Straße vor dem Restaurant war eine transportable Küche aufgebaut worden. Sie war im Prinzip mit der Fernsehküche von Julius vergleichbar, allerdings war die von Paul Zachary deutlich kleiner.

„Und *voilà*", verkündete Paul den rund 50 Zuschauern, die sich vor seiner Bühne versammelt hatten. „Hier kommt das Täubchen, perfekt gebräunt und mit exquisiter *foie gras* gefüllt. Darüber geben wir nun unsere delikate Trüffelsauce. Und keine Sorge, mein kleiner Freund“, sagte er zu der toten Taube, die vor ihm auf dem Teller lag, „das wird nur ein bisschen kitzeln.“

Die Zuschauer lachten über Pauls Witz, und er übergoss den Vogel mit einer dicken Soße. „Hi, hi, fühlt sich gut an!“, sprach er für die Taube. „Und jetzt, Kostproben für alle!“ Ein Dutzend Kellner strömte mit Tabletts aus dem Restaurant, auf denen sich Teller mit Pauls Spezialgericht befanden.

„Los, schnappen wir uns einen“, sagte India.

„Sag mal, Miss-ich-esse-nur-vegetarisch, ist *foie gras* nicht nur eine vornehmere Bezeichnung für Gänseleber? Dann ist das da also ein Vogel, in den man die Leber eines anderen Vogels gestopft hat“, bemerkte ich.

„Quentin, das ist eine einmalige Gelegenheit. Mit einem Gericht wie diesem wäre unsere Party der absolute Renner“, schwärmte India.

Ich musste sie unbedingt wieder zur Vernunft bringen. Allmählich machte mir ihre Besessenheit wirklich Angst. Wie konnte unsere Geburtstagsparty nur so furchtbar wichtig sein? „India, wusstest du, dass Paul Zacharys Gänseleber von Gänsen stammt, die er auf seiner Farm in Frankreich züchtet? Die Viecher werden in winzigen Käfigen gehalten und zwangsgefüttert, damit ihre Leber möglichst fett wird.“

„Woher hast du das?“

„Das steht im Gourmetführer. Und weißt du auch, wie diese Zwangsfütterung vor sich geht?“

„Das will ich gar nicht wissen.“

„Man steckt ihnen einen Trichter in den Hals!“

„Schon gut, ich hab’s begriffen. Aber jetzt hör auf damit!“

„Lass uns Paul Zachary ein bisschen auf den Zahn fühlen“, sagte ich und ging voraus. Die Idee mit der Kostprobe hatte ich India erfolgreich ausgeredet.

Paul Zachary hatte sich an die Eingangstür seines Restaurants zurückgezogen und beobachtete, wie die Leute seine Kreation probierten.

„Mr Zachary“, begann ich und ging auf ihn zu, doch einer seiner Mitarbeiter stellte sich mir in den Weg.

„Mr Zachary gibt keine Autogramme“, grunzte er und verschränkte die Arme vor der Brust, als wollte er mir niederem Wesen empfehlen, sich bloß nicht mit ihm anzulegen.

„Wir wollen auch kein Autogramm“, erklärte ich. „Wir möchten mit ihm über Billy Rose sprechen. Wir haben wichtige Informationen über –“

„Verzieh dich, Junge“, drohte der Kerl und kam einen Schritt auf mich zu.

Zum Glück griff Zachary ein: „Schon gut. Du kannst die Kinder reinlassen.“

Der Kerl trat zur Seite, sah uns aber finster an, als wir an ihm vorbeigingen.

Drinnen war die *Gebratene Taube* mit dunklem Holz getäfelt und in gedämpften Tönen gehalten, mit burgunderfarbenen Tischdecken und düsteren Ölgemälden an den Wänden. Die Einrichtung vermittelte den Eindruck von Geld, Geld und nochmal Geld.

„Ist es wahr, dass Billy Rose vergiftet wurde?“, kam Paul Zachary sofort zur Sache.

„Der Gerichtsmediziner geht davon aus“, antwortete ich. „Billy hat eine große Menge Oleander zu sich genommen. Und der ist sicher nicht zufällig in den Salat geraten.“

„Wie schrecklich“, meinte Zachary. „Wer würde so etwas tun?“

„Genau da liegt das Problem, Mr Zachary“, sagte India. „Wir glauben nicht, dass *ihn* jemand töten wollte. Wie Sie wissen, war dieser Salat eigentlich für Julius LaCroix bestimmt. Die Frage ist also, wer Julius LaCroix den Tod wünscht.“

„Ich kann mir beim besten Willen nicht vorstellen, wer dem guten, alten Julius etwas antun würde“, sagte Zachary.

Normalerweise ist India diejenige, deren Kopfhaut kribbelt, wenn jemand lügt. Ich dagegen bin kein Spezialist für solche Feinheiten. Meine Stärke ist eher das logische Denken. Aber bei Zacharys Geschwätz vom *guten, alten Julius* schlug sogar mein Lügendetektor aus.

„Natürlich sind Julius und ich schon seit Jahren Konkurrenten“, fuhr er fort. „Aber ich habe es ihm nie besonders übel genommen, wenn er sich meine Rezepte *ausgeborgt* oder meine Barkeeper, Kellner und Köche abgeworben hat.“

„Darauf wette ich“, dachte ich und sah India an. Sie hob beiläufig die Hand und kratzte sich am Kopf. Das war ihre Art, mir mitzuteilen, was wir von Zacharys Geschwätz zu halten hatten.

„Aber ansonsten ist unser Verhältnis geprägt von höchstem Respekt und Zuneigung“, schwafelte Zachary weiter. „Ich würde sogar sagen, dass wir uns gegenseitig immer wieder zu kulinarischen Höchstleistungen angespornt haben. Außerdem habe ich Julius stets verteidigt, wenn Kollegen wie Wladimira Kontscharowna oder dieser primitive Danny Moran wieder einmal behauptet haben, dass Julius mich verleumdet.“

„Sagen Sie bloß!“, murmelte ich.

„Ja, genau das sage ich!“, bekräftigte Zachary. „Aber es gibt selbstverständlich ein paar andere, die ihn zu gern stürzen sehen würden. Natürlich halte ich nichts davon, irgendwelche Klatschgeschichten zu verbreiten ... Aber Julius hat sich viele Feinde gemacht. Wusstet ihr eigentlich, dass es in seinem Fernsehvertrag eine Klausel gibt, die dem Sender verbietet, einen anderen New Yorker Chefkoch anzustellen, solange seine Sendung läuft?“

„Ist denn so etwas legal?“, fragte India.

„Das spielt doch keine Rolle“, antwortete Zachary. „Wenn sich der Sender darauf einlässt ... Ich bin mir sicher, dass Julius damit keineswegs mein Geschäft schädigen wollte. Aber einige der anderen sind nicht so gutmütig. Sie sagen, Julius wäre ein selbstsüchtiges ... na ja, aber ich bemühe mich stets, nicht auf sie zu hören.“

„Natürlich nicht“, sagte ich und fügte in Gedanken hinzu: *Du erzählst nur brühwarm jedes Gerücht weiter, das dir zu Ohren kommt.*

„Ich habe sogar schon gehört, dass es mit der Qualität der Speisen im *L’Aventure* schneller bergab geht als mit einer Lawine“, sagte er und schien jetzt erst richtig in Form zu kommen. Einer seiner klobigen Goldringe knallte gegen die Tischkante, als er wild mit den Händen herumwedelte. „Manche Leute sagen so grausame Dinge. Ich bin mir sicher, dass Julius immer alles frisch zubereitet hat – es war *nouvelle cuisine* in Perfektion. Aber jetzt gibt es tatsächlich Leute, die das Gerücht verbreiten, er würde seine

Mousse au chocolat und seine Quiche Lorraine aus dem Supermarkt beziehen."

„Ist das wahr?", fragte India scheinbar entrüstet.

„Die Menschen können so unfreundlich sein, findet ihr nicht auch?" Zachary war wirklich hinterhältig. „Manche seiner Kritiker behaupten sogar, dass sein Kopf nicht mehr richtig durchblutet wird, seit er diese Herzkrankheit hat. Sie sagen, er hätte sich in einen kulinarischen Betrüger verwandelt. Ist das nicht eine Frechheit?"

„Was ist denn mit seinem Spezialgericht, der Krebspastete?", fragte India. „Ich habe gelesen, dass ein Bissen von Julius LaCroix' Krebspastete die Welt gleich viel rosiger aussehen ließe."

„Sie ist immer noch ganz annehmbar", musste Zachary zugeben. *Ganz annehmbar* klang bei ihm allerdings wie *vollkommen ungenießbar*. „Er serviert sie mit ein bisschen Reis und einem außerordentlich langweiligen Fruchtsalat."

„Klingt ja viel versprechend", sagte ich abschätzig, um ihn noch weiter anzustacheln.

„Hmpf", machte Zachary und zupfte an dem Kragen seines Hemdes. „Ich werde nie verstehen, was alle an Julius finden. Und jetzt heißt es auch noch, dass Ronald Crumfield ihm sein neues Restaurant anvertrauen will."

„Ronald Crumfield?“, fragte ich. „Das ist doch dieser superreiche Immobilientyp, nicht wahr?“

„Ihm gehört halb Brooklyn, mein Junge. Und jetzt ist er auch in der Nähe des Central Park und baut einen Wolkenkratzer. Alles todschick. Das Restaurant kommt ins oberste Stockwerk – die vornehmste Adresse der ganzen Stadt. Es ist einfach der Gipfel, dass dieser Betrüger, dieser Scharlatan es bekommen soll!“

Jetzt kochte Zachary vor Neid. Und er konnte es nicht mehr vor uns verbergen.

„Wisst ihr, was?“, fuhr er fort. „Ihr solltet mal mit dieser Kröte Robbie McGrath sprechen. Viele andere haben sich schon gefragt, warum er Julius so treu ergeben ist. Was springt für ihn dabei heraus? Was Julius angeht, so hat er es vermutlich nur Robbies Kochbuch zu verdanken, dass man ihn immer noch für die Nummer eins hält.“

„Das werden wir im Kopf behalten, wenn wir mit Robbie sprechen“, versprach ich.

„An eurer Stelle würde ich vorsichtig sein“, sagte Zachary. „Mit Robbie, aber auch mit allen anderen. Wenn wirklich jemand versucht hat, Julius umzubringen, wird ihm euer Herumschnüffeln überhaupt nicht in den Kram passen.“

„Auch daran werden wir denken“, versicherte ich.

Wir dankten Zachary, dass er sich Zeit für uns genommen hatte.

„Übrigens, mir gefällt deine Haarspange", sagte er zu India.

„Danke", antwortete sie. „Drei Dollar bei Woolworth."

„Das werde ich mir merken."

Der Skorpion sticht zu

„Was machen wir jetzt?", fragte India.

„Auch wenn es sich seltsam anhört", sagte ich, „Ich habe Hunger. Genau genommen bin ich sogar halb verhungert."

„Dann lass uns zum Festival zurückgehen", stichelte India. „Vielleicht können wir dort ein paar Schnecken oder schleimige Austern für dich abstauben."

„Das wäre natürlich eine Möglichkeit. Wir können aber auch in die Snackbar da vorn an der Ecke gehen, und da kaufe ich mir dann *richtiges* Essen – ein Käse-Gurken-Sandwich und einen Schokopudding."

„Wie du meinst. Bist du sicher, dass du keine Schnecken willst?"

„Ganz sicher!"

Wir betraten die Snackbar, und ich bestellte mein Essen zum Mitnehmen.

„Wir sollten Jesus anrufen", schlug ich vor. „Vielleicht kann er noch mehr über unsere Verdächtigen in Erfahrung bringen."

Jesus Lopez ist ein Freund von uns – und er ist der größte Computerhacker aller Zeiten. Vor ihm ist nichts sicher, nicht einmal die Computer der Regierung oder des FBI. Der absolute Höhepunkt seiner Laufbahn aber war, sich bei George Lucas einzuhacken. Ich schätze, damit war er der erste Normalsterbliche, der Ausschnitte aus dem neuesten *Star-Wars*-Film gesehen hat, bevor er in die Kinos kam.

„Jesus?", sprach ich in mein Handy. „India und ich brauchen deine Hilfe."

„Klar, Mann. Wo liegt das Problem?"

Ich erklärte ihm, was passiert war. „Kannst du uns einen Gefallen tun?"

„Logisch, Alter. Mach ich doch gern."

„Versuch, alles über das Opfer Billy Rose herauszufinden. Und auch über die anderen Köche: Wladimira Kontscharowna, Danny Moran und Paul Zachary. Wir glauben, dass einer von ihnen versucht hat, Julius LaCroix zu ermorden. Ach ja, und überprüf bitte auch Julius."

„Kein Problem. Dafür brauche ich nur ein bisschen herumzusurfen. Sonst noch was?“

„Achte vor allem auf ungewöhnliche Dinge – Schulden, Ärger mit der Steuer, Vorstrafen und solche Sachen.“

„Ich soll ihre Steuerangelegenheiten überprüfen? Das bedeutet, dass ich mich ins Netz der Steuerbehörde einhacken muss.“

„Wenn du vorhast, etwas Illegales zu tun, will ich es nicht wissen“, sagte ich schnell.

Jesus lachte. „Illegal? Ich? Niemals!“

„Schon klar“, erwiderte ich. „Und, hey, danke, Mann!“

„Bis später.“

Ich steckte mein Handy wieder ein. „Wenn dein Sandwich kommt, kann ich dann mal abbeißen?“, fragte India unschuldig.

„Ich wusste, dass du das fragen würdest.“ Ich bezahlte mein Essen, und wir machten uns auf den Rückweg zur Fifth Avenue.

„Wenn der Plan stimmt, tritt Julius in einer halben Stunde in seiner Schauküche auf. Es ist ein Probelauf für die große Fernsehshow morgen. Wenn wir uns beeilen, dann schaffen wir es noch rechtzeitig.“

Wenige Minuten später standen wir vor der Bühne. Julius hatte gerade mit der Show begonnen und zeigte den Zuschauern, wie man Hähnchen mit Himbeersirup zubereitete. Anders als Paul Zachary mit seinem extravaganten Outfit und seinen fragwürdigen Witzen strahlte Julius eine gewisse Würde aus. Seine sonore Stimme hatte beinahe eine hypnotische Wirkung.

„Wir dünsten die Hähnchenbrust in reiner Butter", sagte Julius. „Um reine Butter zu bekommen, lassen Sie sie schmelzen und entfernen dann mit einem Löffel die Klümpchen aus verfestigten Milchbestandteilen. Was übrig bleibt, ist die klare goldene, reine Butter."

Julius verbrachte die nächsten paar Minuten damit, den Zuschauern auf freundliche und verständliche Weise zu erklären, wie sie das perfekte Hähnchen zubereiteten. Das Publikum war begeistert. Ich muss zugeben, dass auch ich beeindruckt war. Mit seiner tiefen Stimme und seinem buschigen weißen Haar hatte er eine Ausstrahlung, die auch mich in ihren Bann zog. Und ich gehöre normalerweise nicht zu den Leuten, die sich Kochshows im Fernsehen ansehen.

Ich schaute mich um. Auf beiden Seiten der Bühne stand ein uniformierter Polizeibeamter, und drei weitere hatten sich in der ersten Reihe vor den Zuschauern platziert. Rund um die Bühne waren breitschultrige Kerle mit Knopf im Ohr stationiert – offenbar Zivilbeamte. Wir winkten Inspektor Cooper zu, der sich etwas abseits aufgestellt hatte. Er nickte uns zu.

„Das gefällt mir nicht“, sagte ich zu India. „Wenn es wirklich jemand auf Julius abgesehen hat, sind solche öffentlichen Auftritte doch Wahnsinn!“

„Ich weiß“, antwortete India. „Meine Kopfhaut kribbelt wie verrückt. Das ist immer ein schlechtes Zeichen. Aber wenigstens hat der Inspektor für eine ordentliche Polizeipräsenz gesorgt.“

Wir befanden uns mittlerweile auf der Höhe der Bühne, und ich hatte einen guten Blick auf die Zuschauer. Ich suchte die Menge nach bekannten Gesichtern ab.

„Sieh mal“, sagte ich und stieß India leicht an. „Da kommt Paul Zachary in seinem rosa Schlitten.“

Paul Zachary, der jetzt einen bodenlangen grünen Mantel und einen riesigen Cowboyhut trug, stellte sich zu Wladimira Kontscharowna in die hinterste Reihe der Zuschauer. Wir waren leider zu weit weg, um ihr Getuschel zu verstehen.

„Sein Auftritt ist nicht gerade unauffällig“, bemerkte India. „Ich wüsste zu gern, was Zachary hier will.“

„Und was die beiden zu besprechen haben, nachdem sie sich gerade erst so angegiftet haben“, fügte ich hinzu.

„Vielleicht ist es ein typischer Fall nach dem Motto: *Der Feind meines Feindes ist mein Freund.*“

Auf der Bühne fuhr Julius fort: „Und jetzt kommen wir zu dem perfekten Dessert zu unserem Himbeer-Hähnchen: einer Schokoladen-Himbeer-Torte.“

Der Duft des brutzelnden Hähnchens stieg uns bereits in die Nase. Julius deponierte eine Schale mit Himbeeren, einen Teller mit Butter, mehrere andere Schüsseln und einige dekorative Vorratsdosen auf der Arbeitsplatte.

„Zuerst machen wir die Füllung“, sagte er und füllte die Himbeeren in eine Rührschüssel. Dann fügte er einen Schuss Zitronensaft, eine kleine Portion Schlagsahne und Zucker aus einer der Dosen hinzu. Während er das Ganze mit einem Handrührer zermatschte, plauderte er weiter. „Schokolade und Himbeeren – was könnte delikater sein? Wissen Sie, dass Schokolade bis zur Entdeckung Amerikas in Europa unbekannt war? Aber bei den Maya galt Schokolade schon immer als das Getränk der Götter und Dichter. Wie wahr!“

Die Zuschauer lachten und applaudierten.

„Und jetzt zur Schokoladensoße. Wir nehmen zwei Tassen kochendes Wasser ...“

Robbie, der sich im Hintergrund gehalten hatte, trat vor und goss heißes Wasser in eine Schüssel.

„... und mischen es mit zwei Tassen des feinsten belgischen Kakaopulvers“, fuhr Julius fort.

Mit Schwung öffnete er den Deckel einer weiteren Vorratsdose. Er warf einen Blick hinein und erstarrte. Sein Gesicht erinnerte mich an das eines Kaninchens, das von den Scheinwerfern eines herannahenden Autos geblendet wird. Dann holte er etwas aus der Dose, steckte es hastig in seine Tasche und nahm die Plauderei wieder auf.

„Hast du das gesehen?“, flüsterte ich India zu.

„Ja“, sagte sie. „Es sah wie ein Stück Papier aus.“

„Sie müssen wissen, dass man Schokolade auch einfrieren kann“, erklärte Julius weiter und steckte erneut die Hand in die Dose, diesmal mit einem kleinen Messbecher bewaffnet. Er grub den Becher ins Kakaopulver. „Aber andererseits: Warum sollte man? Man kann sie ja genauso gut aufessen!“

Die Zuschauer kicherten. Julius versenkte den Messbecher zum zweiten Mal im Kakaopulver, riss jedoch plötzlich die Hand heraus und schrie laut auf. Die Dose flog ihm aus der Hand und knallte mit einer Wolke aus braunem Pulver an die hintere Wand seiner Schauküche.

„Ein Skorpion!“, rief Julius und umklammerte die Hand, die in der Dose gesteckt hatte. „Ein Skorpion!“

Ein großer schwarzer Skorpion krabbelte mit bösartig erhobenem Schwanz aus dem Kakao, der sich langsam über den ganzen Boden verteilte.

Es gibt zwei Arten von Viechern, die ich auf den Tod nicht ausstehen kann: Küchenschaben und Skorpione. Küchenschaben sieht man in New York leider fast überall, also kann man sich genauso gut gleich an sie gewöhnen. Aber Skorpione ... igitt!

Blitzschnell sprang Inspektor Cooper vor, schnappte sich eine leere Glasschüssel von der Arbeitsplatte und stülpte sie über den Skorpion. Das eklige Vieh krabbelte hektisch unter der Glasglocke herum. Den Schwanz hielt es dabei hoch erhoben, als wollte es sagen: „Legt euch nur mit mir an, wenn ihr eine Kostprobe von meinem Gift wollt!"

Julius war inzwischen mitten auf der Bühne auf die Knie gesunken, hielt seine Hand umklammert und schaukelte vor und zurück. Vier uniformierte Polizisten bildeten einen schützenden Ring um ihn. Natürlich war auch Robbie McGrath an seiner Seite.

Ich ließ meinen Blick über die Zuschauer schweifen, in deren Gesichtern sich eine Mischung aus Entsetzen und Neugier spiegelte. „Wo ist Zachary?", fragte ich India. „Ich sehe ihn nirgends."

„Ich auch nicht", sagte India. „Anscheinend hat er gesehen, was er sehen wollte."

Die Polizisten hatten Julius in den hinteren Teil der

Bühne begleitet, wo ein Arzt seinen Blutdruck maß. Inspektor Cooper hielt sein Handy ans Ohr. „Museum für Naturgeschichte? Bitte verbinden Sie mich mit der Insektenabteilung", sagte er.

„Verlangen Sie Dr. Skinner", rief ich und trat näher an den Inspektor heran. „Sie kennt sich mit Skorpionen besser aus als jeder andere."

„Woher weißt du das?", fragte Inspektor Cooper.

„Mein Vater arbeitet im Museum", erklärte ich.

Kurz darauf war Dr. Skinner am Telefon. „Er ist schwarz und ungefähr sechs Zentimeter lang ... Das stimmt. Nein, keine Streifen oder andere Muster. Einfarbig schwarz ...", beschrieb Inspektor Cooper. „Ein Glück. Danke, Dr. Skinner."

„Was hat sie gesagt?", fragte ich ihn.

Inspektor Cooper ging mit India und mir zu Julius, der zusammengesunken auf einem Stuhl saß. Er sah wie jemand aus, der kurz vor einem Herzanfall steht. Sein Gesicht hatte die Farbe von gekochter Leber angenommen.

„Ich habe gerade mit einer Expertin für Skorpione gesprochen, Mr LaCroix", sagte Inspektor Cooper. „Nachdem ich ihr das Tier beschrieben habe, ist sie überzeugt davon, dass es sich um eine relativ ungefährliche Art handelt. Sie hat mir versichert, dass der Stich nicht schlimmer ist als der einer Biene. Sie rät

Ihnen lediglich, etwas gegen die Schwellung zu nehmen, und hält eine weitergehende medizinische Behandlung für unnötig."

„Gott sei Dank", seufzte Robbie. „Sind Sie sicher, dass wir nicht ins Krankenhaus müssen?"

„Das hat sie zumindest gesagt."

Julius kauerte inzwischen reglos auf seinem Stuhl.

„Mr LaCroix, bitte entschuldigen Sie meine Neugier", sagte ich. „Was haben Sie in der Kakaodose gefunden, bevor der Skorpion zum Vorschein kam? Es sah aus wie ein Stück Papier."

„Häh?" Er sah mich skeptisch an. „Ach, nur einen Kontrollzettel von der Herstellerfirma. Ich habe ihn weggeworfen. Aber jetzt lasst mich bitte in Ruhe. Meine Hand tut weh, ich habe einen Arzttermin und bin schon spät dran."

„Wir sind so gut wie unterwegs, Julius", sagte Robbie. „Ich habe den Wagen bereits bestellt, und wir werden in Kürze in der Praxis sein."

„Ein Streifenwagen wird Sie begleiten", sagte Inspektor Cooper.

„Das ist nicht nötig, Inspektor", lehnte Robbie ab. „Ich bin sicher, dass wir den Weg auch allein finden."

„Wie Sie meinen", war alles, was Inspektor Cooper dazu sagte.

Wir traten mit ihm ein paar Schritte zur Seite, während Robbie Julius half, die Stufen zu seinem grünen Geländewagen hinunterzusteigen.

„Wenn Sie mich fragen“, sagte India zu Inspektor Cooper und mir, als Robbie und Julius fort waren, „hat Julius gelogen, was diesen Kontrollzettel in der Kakaodose anging. Seinem Gesichtsausdruck nach zu urteilen, war es etwas anderes – und zwar etwas sehr Bedrohliches.“

„Sie können ihr ruhig glauben“, bekräftigte ich. „India merkt immer, wenn jemand lügt.“

Inspektor Cooper nickte, sagte aber nichts. Er war kein Mann vieler Worte.

Wir verabschiedeten uns von ihm und stiegen die Stufen zur Fifth Avenue hinunter. Ein paar Straßen weiter entdeckte ich ein Stück vor uns einen bekannten Wagen.

„Da ist Paul Zacharys Auto“, sagte ich zu India und zeigte nach vorn. Zachary stieg gerade ein. „Los, fragen wir ihn, was er bei Julius’ Vorführung zu suchen hatte.“

Wir rannten los und schrien: „Mr Zachary! Warten Sie!“

Doch das große rosa Cabrio raste los, und Zachary sah sich nicht einmal nach uns um.

„Wahrscheinlich fährt er zurück zu seinem Restaurant“, sagte ich.

„Dann werden wir ihn dort nochmal besuchen“, schlug India vor. „Ich will mit ihm reden. Ich bin sicher, dass er unsere Rufe gehört und absichtlich Gas gegeben hat. Was ist bloß los mit dem Kerl?“

„Was immer es ist, es stinkt zum Himmel“, sagte ich. „Genau wie seine Kochkunst.“

„Sag über Paul Zachary, was du willst, Quentin. Er mag ein Lügner, ein Betrüger oder ein kaltblütiger Mörder sein, aber ein erstklassiger Koch bleibt er trotzdem.“

„Wenn man solches Zeug mag“, nörgelte ich.

Hinter den Wolkenkratzern ging schon die Sonne unter, als wir weiter ostwärts gingen. Es war deutlich kühler geworden, und die Straßen waren unheimlich ruhig. Es war ein komisches Gefühl, durch Viertel zu laufen, die normalerweise total überfüllt, jetzt aber beinahe menschenleer waren. In einer schmutzigen Hauseinfahrt wirbelte eine zerfetzte Plastiktüte im Kreis herum. In einiger Entfernung heulte eine Alarmanlage.

„Ist das gruselig hier“, sagte India. „Können wir nicht ein Taxi nehmen?“

„Warte“, entgegnete ich. „Sieh doch, da vorne ist Zacharys Wagen.“

Das pinkfarbene Cabrio stand vor einem riesigen achtstöckigen Warenhaus.

„Was will er denn jetzt noch im Kaufhaus?“, fragte ich.

„Vielleicht hat er gerade eine Autogrammstunde.“

„Los, folgen wir ihm. Dann werden wir es wissen.“

Wir gingen auf die Drehtüren am Eingang zu. Schilder an den Türen wiesen darauf hin, dass das Kaufhaus samstags um 19 Uhr schloss. Ich sah auf die Uhr. Es war schon zehn vor. Ein paar vereinzelte Kunden verließen das Gebäude. India und ich waren die Einzigen, die hineingingen.

„Ah, typischer Kaufhausmief“, stellte ich fest, als wir die Verkaufsräume betraten. „Aufdringliches Parfüm, neue Teppiche und Bohnerwachs.“

„Diesmal wird Zachary uns nicht entkommen“, sagte India. „Da vorn ist er, an der Rolltreppe.“

Mit seinem großen Cowboyhut und dem langen grünen Mantel war Zachary wirklich nicht zu übersehen. Er fuhr mit der Rolltreppe ins Untergeschoss, in dem es neben Delikatessen auch edle Kochutensilien zu kaufen gab.

Wir folgten ihm vorsichtig. Unten angekommen, versteckten wir uns hinter einem Schaukasten mit prunkvollen Teekannen und hörten, wie ein Verkäufer Zachary begrüßte. „Guten Abend, Mr Zachary. Kann ich Ihnen behilflich sein?“

„Er muss oft herkommen, wenn der Verkäufer seinen Namen kennt“, flüsterte ich India zu.

„Nein danke, Stephen“, sagte Zachary. „Ich möchte mich nur ein wenig umsehen.“

„Ich mache jetzt Schluss“, erklärte Stephen. „Wir schließen in zehn Minuten. Wenn Sie etwas kaufen möchten, müssen Sie damit zur Hauptkasse im Erdgeschoss.“

„Natürlich“, antwortete Zachary. „Vielen Dank. Und noch einen schönen Abend.“

„Den wünsche ich Ihnen auch, Sir“, sagte Stephen. Wir sahen, wie er mit der Rolltreppe nach oben fuhr.

Jetzt waren wir mit Zachary allein im Untergeschoss. Wir verfolgten ihn unauffällig, während er summend durch die Gänge schlenderte. Gelegentlich nahm er etwas vom Regal, betrachtete es beiläufig und stellte es wieder zurück.

„Was hat er vor?“, flüsterte ich. „Hat er dem Verkäufer nicht zugehört? Das Kaufhaus schließt gleich.“

„Ich habe den Eindruck, dass er auf etwas wartet“, sagte India. „Oder auf jemanden.“

Plötzlich ging die Beleuchtung aus. Das einzige Licht kam jetzt von kleinen, in die Decke eingelassenen Funzeln. Es war gerade hell genug, um nicht schnurstracks in irgendwelche Kochtöpfe zu laufen, aber für alles andere war es eindeutig zu dunkel. Eine Lautsprecherstimme ertönte. „Sehr verehrte Kunden, das Kaufhaus schließt jetzt. Bitte begeben Sie sich mit Ihren Einkäufen zur Hauptkasse im Eingangsbereich. Vielen Dank."

In dem dämmrigen Licht bekamen die Küchengeräte plötzlich etwas Bedrohliches. Die in Schaukästen aufgereihten Messer funkelten matt.

„Das gefällt mir gar nicht", murmelte India.

Auf einem Regal stand eine ganze Reihe von Küchengeräten, die im Dämmerlicht aussahen wie gefährliche Tiere, die sich jeden Moment auf uns stürzen konnten. Die ergonomisch geformten Korkenzieher, Dosenöffner und Kartoffelstampfer wirkten auf einmal wie mittelalterliche Folterwerkzeuge.

„Mir gefällt das auch nicht", murmelte ich. „Vielleicht sollten wir besser verschwinden?"

„Quentin!", zischte India. „Wo ist Zachary?"

Wir lauschten.

„Keine Ahnung", flüsterte ich.

Am anderen Ende des Verkaufsraums glitten leise die Türen des Fahrstuhls auf.

„Der Lastenaufzug!“, flüsterte India. „Er muss da drüben sein. Los, nichts wie hin!“

Lautlos schlichen wir in die Richtung, in der India den Lastenaufzug vermutete. Aber die Dunkelheit und die Art der Kaufhauseinrichtung, die uns nie mehr als fünf Meter geradeaus laufen ließ, brachten uns schnell vom Weg ab.

„Ich glaube, der Aufzug ist da“, sagte India und zeigte nach links.

„Ich dachte, er wäre dort“, sagte ich und zeigte nach rechts.

Wir blieben einen Moment stehen und hörten, dass sich in einiger Entfernung hinter uns jemand bewegte.

„Sind wir nicht gerade von da gekommen?“, flüsterte India.

„Keine Ahnung“, sagte ich. „Ich bin so durcheinander, dass ich nicht mehr weiß, wo wir sind oder wo wir schon waren. Erinnerst du dich an unseren letzten Fall in diesem Kaufhaus? Sobald oben die Türen verschlossen sind, lassen sie die Wachhunde laufen – Dobermänner, die sich am liebsten von rohem Einbrecherfleisch ernähren.“

„Na, toll! Wir werden als Hundefutter enden!“

Plötzlich rollte ein schwerer Servierwagen voller Messer und Küchenbeile auf uns zu.

„Pass auf!“, schrie ich und stieß India aus dem Weg. Der Wagen knallte gegen meine Hüfte und brachte mich zu Fall, aber zum Glück verfehlten mich die Klingen. Ich erhaschte nur einen kurzen Blick auf jemanden, der im Halbdunkel davonrannte.

„Quentin! Alles in Ordnung?“ In Indias Stimme schwang Panik mit.

„Mir fehlt nichts“, sagte ich und stand auf. „Aber jemand versucht, uns entweder Angst zu machen oder uns umzubringen.“

„Also Angst habe ich auf jeden Fall bekommen“, sagte India. „Lass uns schnell verschwinden, bevor es auch mit dem Umbringen klappt.“

„Ganz meine Meinung“, sagte ich. „Vorsicht ist besser als Nachsicht. Verduften wir, bevor wir in Würfel geschnitten und süß-sauer eingelegt werden.“

Wir schlichen uns in die Richtung, in der wir die Rolltreppen vermuteten.

Plötzlich prallte etwas gegen das Regal neben India Kopf und fiel dann zu Boden. Ich bückte mich, um nachzusehen, was es war.

„India!“, rief ich. „Jemand wirft mit Messern nach uns!“

Zack! Ein Messer bohrte sich in den Karton der Brotbackmaschine neben mir.

Wir rannten los. Es war schwierig, India in der

Dunkelheit nicht zu verlieren. In einer Kurve krachte ich in einen Dosenturm aus Hummerpastete. Die Dosen flogen mit unglaublichem Geschepper in alle Richtungen.

„Hast du eine Ahnung, wie wir hier herauskommen?“, schrie ich India zu.

„Nein!“, rief sie über die Schulter zurück. „Aber wenn wir weiterrennen, werden wir irgendwann auf einen Ausgang stoßen.“

Sie hatte kaum ausgesprochen, als wir auch schon die Treppen entdeckten, die ins Erdgeschoss führten.

„Ein Glück!“, stieß India aus. „Gerettet!“

„Ich fürchte, du freust dich zu früh“, sagte ich. „Hör doch!“ Im Treppenhaus ertönte ein tiefes Bellen. „Ein Dobermann! Ich fürchte, er kommt genau auf uns zu!“

Ohne nachzudenken, machten wir kehrt und rasten davon.

Obwohl kaum etwas zu sehen war, schafften wir es, uns von der Abteilung mit den Küchengeräten in die Feinkostabteilung durchzuschlagen. Ich rannte vorneweg, bis ich plötzlich über etwas stolperte und der Länge nach hinschlug.

India kreischte. Der Hund, der das Untergeschoss jetzt erreicht hatte, bellte wie ein Monster aus der Hölle.

„Nichts passiert!“, rief ich. „India, mir fehlt nichts!“

Sie kreischte wieder.

„Was ist los?“, fragte ich. „Warum schreist du so?“

India zeigte nach unten, und ich sah erst jetzt, was mich zu Fall gebracht hatte.

Paul Zachary lag mit offenen, aber blicklosen Augen auf dem kalten Linoleumfußboden.

Raubtierfütterung

Jetzt schrie ich.

„Quentin!“, sagte India eindringlich. „Wir müssen hier weg. Der Hund wird gleich hier sein!“

„Zu spät“, rief ich, als das Biest um die Kurve gesaust kam. Seine Krallen klickten auf dem Boden. „Komm, schnell!“ Ich packte Indias Hand und zerrte sie hinter einen Tresen der Feinkostabteilung. Im Kühlfach des Glastresens stapelten sich Würstchen, Koteletts und alle möglichen anderen Fleischsorten. „Fang an zu werfen!“

India schnappte sich eine Bratwurst und warf sie der geifernden Bestie zu. Der Köter sprang hoch und fing die Wurst im Flug auf.

Er verschlang sie in einem Stück. Dann sah er uns an und bellte wieder, doch diesmal war es ein freundlicheres, erwartungsvolles Bellen. Er wedelte sogar ein bisschen mit dem Schwanz.

„Fang, Fiffi!", sagte ich und schleuderte ihm ein Nackensteak entgegen, als wäre es eine Frisbeescheibe.

Wieder fing der Hund das Fleisch in der Luft und machte sich daran, es zu verschlingen.

„Ich weiß nicht, wie lange das gut geht", sagte ich. „Was machen wir, wenn er keinen Hunger mehr hat?"

„Weiß ich auch nicht", erwiderte India und zerrte an einer Lammkeule. „Wirf einfach weiter."

Plötzlich ertönte ein schrilles Summen, und alle Lichter gingen wieder an. Der Alarm war ausgelöst worden. Die Polizei musste jede Minute kommen. Die Bestie kaute munter vor sich hin.

Wir waren gerettet.

Zwei Stunden später saßen wir bei Inspektor Cooper im Büro. Er hatte chinesisches Essen kommen lassen, und wir mampften Gemüse süß-sauer, Frühlingsrollen und Unmengen von Reis.

Beim Essen berichteten wir Inspektor Cooper, was sich im Untergeschoss des Kaufhauses ereignet hatte.

„Es war leichtsinnig von euch, nach Geschäftsschluss noch im Kaufhaus zu bleiben", bemerkte Inspektor Cooper, als wäre das etwas, auf das wir nicht von selbst gekommen wären. „Ihr könnt froh sein, dass euch dieser Dobermann nicht in Stücke gerissen hat."

„Es tut uns ehrlich Leid, Inspektor Cooper", sagte India.

„Ihr könnt auch von Glück reden, dass euch der Mörder von Paul Zachary nicht erwischt hat", bemerkte er noch.

„Er hat es zumindest versucht", sagte ich. „Ein paar dieser Messer hätten uns fast getroffen. Anfangs dachte ich noch, dass Paul Zachary es auf uns abgesehen hat. Aber da ist noch jemand anders herumgeschlichen."

„Ich kriege schon eine Gänsehaut, wenn ich nur daran denke", seufzte India.

„Wer immer der Mörder ist – er muss total übergeschnappt sein", sagte ich. „Erst der Mordversuch an Julius, der Billy erwischt hat. Und jetzt der Mord an Paul Zachary."

„Wenigstens haben wir den Täter jetzt auf Video", sagte Inspektor Cooper.

Ich ließ meine Frühlingsrolle fallen. „Natürlich! Die Überwachungskameras! Den Film müssen wir unbedingt sehen."

Inspektor Cooper führte uns von seinem Büro durch ein Gewirr von Gängen zu einem Raum, auf dessen Tür *Medienzentrum* stand. Drinnen herrschte ein wildes Durcheinander aus Fernsehern, Kassetten- und Videorekordern, DVD- und CD-Playern und altmodischen Filmprojektoren. Es war alles da, was zur Auswertung von Beweisen in Bild oder Ton nötig war.

Logan, ein junger Beamter, spulte gerade ein körniges Schwarzweiß-Video im schnellen Vorlauf ab. Es zeigte das verschwommene Bild eines gut bestückten Kaufhausregals.

„Auf diesem Band ist auch nichts“, sagte er zu Inspektor Cooper. „Bis auf eines sind diese Videos alle gleich. Und bei dem einen hat jemand Fettcreme auf das Objektiv der Kamera geschmiert. Der Film ist viel zu verschwommen, um als Beweis zu dienen.“

„Im Untergeschoss waren sieben Kameras, nicht wahr?“, fragte Inspektor Cooper.

Sein Kollege nickte und hielt eine Kassette hoch. „Eine gute Aufnahme haben wir zumindest“, sagte er. „Sie zeigt den Mörder in Aktion. Sehen Sie selbst.“

Auf dem Bildschirm erschien die körnige Ansicht der Feinschmeckerabteilung, in der Zacharys Leiche gefunden worden war. In der rechten unteren Ecke des Bildschirms lief eine kleine Uhr mit, die momentan 17:00 anzeigte.

„Das Video dokumentiert den Zeitraum von 17 Uhr bis zu dem Moment, als unsere Beamten den Film sichergestellt haben", erklärte Logan. „Der Mord wurde kurz nach Geschäftsschluss gegen 19 Uhr verübt."

Er spulte das Video im Schnelldurchlauf vor. Verkäufer flitzten um die Verkaufstresen herum, und die Kunden hetzten auf die komische Art durchs Bild, über die man immer schmunzeln muss, wenn man einen zu schnell laufenden Film sieht. Zu Beginn der Aufnahme hatte im Kaufhaus noch reger Betrieb geherrscht, aber zur Schlusszeit um 19 Uhr tauchten nur noch vereinzelt Kunden im Bild auf. Zehn vor sieben verließ schließlich der letzte Verkäufer die Abteilung. Fünfzehn Minuten später ging das Licht aus.

„Es ist so dunkel, dass man kaum noch etwas sieht", bemerkte ich.

„Sieh einfach genau hin", riet Logan. „Du wirst staunen, was man alles erkennen kann."

Logan schaltete vom Schnellgang in das normale Tempo zurück. Nach ein paar Minuten kam ein Mann ins Bild.

„Da ist Zachary", sagte India.

„Ein komisches Gefühl, die letzten paar Minuten im Leben eines Menschen zu sehen", bemerkte ich. Auf dem Film blickte Zachary sich hektisch um und wich zurück bis an den Fleischtresen.

„Er wirkt nervös."

„Inzwischen bellt ja auch der Dobermann, und du hast den Dosenstapel umgerannt", erinnerte mich India. „Kein Wunder, dass er so verstört aussieht."

Eine zweite Person, die geduckt hinter dem Fleischtresen heranschlich, tauchte im Bild auf. Mir lief ein eiskalter Schauer über den Rücken. Logan drückte die Zeitlupetaste, und wir sahen alles, was nun folgte, mit halber Geschwindigkeit.

Paul Zachary stand mit dem Rücken am Tresen. Er dachte vermutlich auch nur daran, wie er sich vor diesem wahnsinnigen Hund in Sicherheit bringen konnte.

Der zweite Mann hinter dem Tresen, dessen Gesicht merkwürdig hell war – es schien im Dunkeln beinahe zu leuchten –, bückte sich und kam mit einem ganzen Schinken wieder zum Vorschein. Einen von diesen Riesendingern, bei denen es sich im Grunde um das komplette Hinterbein eines Schweins handelt. Er schlich hinter Zachary und hob den Schinken über seinen Kopf. Dabei bewegte er sich so ruckhaft wie eine Marionette, als wäre er irgendwie in Trance. Er warf sich über den Tresen.

Zachary musste ihn gehört haben, denn er fuhr herum. Doch damit hatte der Mörder offenbar gerechnet. Er schlug sofort zu.

Zachary ging zu Boden. Sein Hut trudelte aus der Reichweite der Kamera. Der Mörder rannte hinter dem Tresen hervor und schlug noch einmal zu. Dann ließ er den Schinken fallen, griff in seine Manteltasche und holte einen Trichter heraus, den er in den Mund seines Opfers rammte.

„Was hat der Trichter zu bedeuten?“, fragte ich.

„Geistesgestörte Mörder demütigen ihre Opfer oft auf merkwürdige Weise“, erklärte der Inspektor.

Der Mörder ging auf die Kamera zu und verschwand aus dem Bild.

„Das war's“, sagte Logan und schaltete das Band ab. „Als Nächstes kommt dann ihr beide ins Bild, fallt über die Leiche und fangt an, den Hund mit Fleisch zu bewerfen. Die Lichter gehen an, die Wachleute kommen und so weiter.“

„Zeigen Sie mir noch einmal das Gesicht des Mörders“, forderte Inspektor Cooper Logan auf.

„Kein Problem“, antwortete Logan. „Ich kann es auch für Sie vergrößern.“

Er spulte das Band zurück bis zu der Stelle, an der der Mörder auf die Kamera zuging.

„Er ist kaum zu sehen“, stellte ich fest und starrte konzentriert auf den Bildschirm.

„Warte nur ab, was dieses Gerät alles kann“, sagte Logan. „Das ist kein normaler Videorekorder.“

Er drückte ein paar Knöpfe auf der Fernbedienung, und das Bild wurde deutlich heller. Dann verbesserte er noch die Schärfe und vergrößerte das Gesicht des Mörders. Jetzt war es überraschend gut zu sehen. Aber erkennen konnten wir ihn trotzdem nicht.

„Schaut euch das Gesicht an", stieß ich hervor. „Es sieht kein bisschen menschlich aus."

„Es ist grauenvoll", sagte India. „Wie das Gesicht eines Toten – wie eine Totenmaske."

„Du hast Recht. Es muss eine Maske sein", meinte ich. „Der Mörder hat eine Maske getragen ... sieht aus, als wäre sie aus Teig. Was für eine geniale Idee – man trägt sie während des Mordes und geht dann nach Hause und isst das Beweisstück auf!"

„Ich glaube, du bist da auf etwas gestoßen, Quentin", sagte Inspektor Cooper.

„Gibt es eigentlich Videoaufnahmen von der Eröffnungsfeier, bei der Billy Rose umgebracht wurde?", fragte ich.

„Ja", antwortete Inspektor Cooper. „Sogar mehrere von verschiedenen Filmteams."

„Können wir sie sehen?", fragte India.

„Klar", sagte der Inspektor. „Aber nicht mehr heute Abend. Es ist schon spät, und ihr müsst allmählich nach Hause."

Das stimmte allerdings. Meine Tante Doris war total

ausgeflippt, als ich ihr vor ein paar Stunden gesagt hatte, dass ich auf der Polizeiwache war. Anscheinend wurde im Fernsehen bereits über den zweiten Mord berichtet. Und sie kannte mich gut genug, um zu ahnen, dass ich schon bis zum Hals in dem Fall steckte. Außerdem war mein Dad nicht zu Hause – er war in der vergangenen Woche nach Sibirien abgereist, um dort irgendein Mastodon aus dem Eis zu graben –, und so war Tante Doris für mich verantwortlich. Und eine meiner eisernen Regeln war, Tante Doris nie zu verärgern.

Auch India hatte ihre Eltern angerufen. Sie wussten jedoch bereits Bescheid. Dave Wisner, der Gerichtsmediziner, hatte Indias Mutter berichtet, dass sie am Tatort gewesen war. Aus diesem Grund nahmen die beiden es etwas gelassener auf als meine Tante Doris. Aber als sie hörten, dass ihre Tochter beinahe von einem Dobermann zerstückelt worden wäre, waren auch sie nicht begeistert.

„Kommt morgen wieder", bot Inspektor Cooper an, „dann könnt ihr euch die anderen Aufzeichnungen ansehen."

„Abgemacht", sagte ich.

„Logan, würden Sie die beiden bitte mit dem Streifenwagen nach Hause fahren?"

Auf der Fahrt in die Upper West Side, wo India und

ich wohnen, blätterten wir noch einmal in dem Kochbuch von Robbie McGrath, das Deborah Hudson uns geschenkt hatte.

Ich überflog das Inhaltsverzeichnis und fröstelte, als ich die Namen Billy Rose und Paul Zachary entdeckte. Billy Rose erschien schon im ersten Kapitel, das *Stimmen der Zukunft* hieß. Neben einem Interview mit ihm war dort auch sein Lieblingsrezept abgedruckt: ein grüner Salat mit einem Honig-Balsamico-Dressing und geröstetem Mais. Das zweite Kapitel handelte von Paul Zachary und seinem Spezialgericht, der gebratenen, mit Gänseleber gefüllten Taube.

„India, ich glaube, ich weiß jetzt, was der Trichter zu bedeuten hatte", sagte ich.

„Ich auch", antwortete sie. „Gänseleber."

„Genau. Es war allgemein bekannt, wie Zachary seine Gänse gemästet hat. Der Mörder hat sich mit dem Trichter in seinem Hals einen besonders ekligen Scherz erlaubt."

„Vielleicht ist es Zufall, aber dieses Kochbuch erscheint wie eine Rezeptsammlung für die Morde", sagte India. „Billy stirbt durch Salat; Zachary wie eine seiner Gänse."

„Vielleicht sollte Julius LaCroix doch nicht das erste Opfer sein", überlegte ich. „Wir müssen die Motive der Leute noch einmal genauer unter die Lupe nehmen – zum Beispiel das von Robbie. Er hat ein Motiv, Julius zu töten, aber was bringt ihm Zacharys Tod? Es scheint, als wüssten wir jetzt weniger als vorher."

„Vielleicht auch nicht", bemerkte India. „Ich denke, dass wir zumindest wissen, wer das nächste Opfer sein wird." Sie zeigte auf den dritten Namen im Inhaltsverzeichnis des Buches.

„Wladimira Kontscharowna", las ich vor.

„Der *Russische Wolfshund* höchstpersönlich", bestätigte India.

Ein Motiv für einen Mord?

Am nächsten Morgen trafen India und ich uns in Julios Snack-Pagode, einem chinesischen Fresstempel mitten in der Stadt. Julio hat die besten belegten Brötchen von New York, ganz zu schweigen von seinem fantastischen chinesischen Essen.

India tauchte in einem ihrer typischen Outfits auf – kleine goldene Ohrringe in Form von Wäscheklammern, ein durchsichtiges Spitzenoberteil über einem schwarzen T-Shirt, ein schwarzer Leder-Minirock und Doc Martens mit Leopardenmuster.

„Willst du ein Marmeladenbrötchen?“, fragte ich. „Oder ein Baguette mit Frischkäse?“

„Weder noch, danke“, sagte sie. „Ich habe zu Hause gerade eine Riesenschüssel Cornflakes gegessen.“

„Und was steht heute auf dem Programm?“, fragte ich und nippte an meinem Espresso.

„Heute Abend findet eine Eisskulpturen-Ausstellung statt. Alle großen Restaurants beteiligen sich mit einer Statue – du weißt schon, diese Dinger, die man von Empfängen oder anderen wichtigen Anlässen kennt.“

„Eisskulpturen? Die will ich sehen.“

„Ach übrigens, wegen unserem Geburtstag“, wechselte India das Thema. „Weißt du, was Julius LaCroix mit Sicherheit dazu bewegen würde, auf unserer Party zu kochen?“

„Was denn?“

„Wenn wir ihm das Leben retten! Er stünde so tief in unserer Schuld, dass er es wahrscheinlich sogar umsonst machen würde. Die Leute an unserer Schule würden vor Neid platzen!“

„India, ich muss leider feststellen, dass du eine blutrünstige Ader besitzt, wenn es um diese Party geht!“, bemerkte ich.

„Aber unsere Mitschüler würden ausflippen!“

„Reg dich ab“, sagte ich. „So weit muss es erst mal

kommen. Was schlägst du vor, wie wir ihm das Leben retten sollen?“

„Äh ... darüber habe ich mir ehrlich gesagt noch keine Gedanken gemacht.“

Ich zuckte zusammen, als mein Handy plötzlich in meiner Tasche zu vibrieren begann. Für den Bruchteil einer Sekunde musste ich wieder an den zuckenden Skorpion von gestern denken, der mir Albträume verursacht hatte. Ich beruhigte mich aber schnell wieder und holte das Telefon aus der Tasche. „Hallo?“

„Ich bin’s, Jesus.“

„Jesus, hi, was gibt’s?“

„Nicht viel. Ich habe im Fernsehen alles über diesen verrückten Koch-Killer gesehen. Mann, ihr solltet euch aus dieser Sache raushalten. Der Typ ist doch total durchgeknallt. Der ist echt gefährlich.“

„Keine Sorge, Jesus“, sagte ich. „Wir haben alles unter Kontrolle.“ Ich zwinkerte India zu. Sie wusste genauso gut wie ich, dass das nur sehr eingeschränkt der Wahrheit entsprach.

„Hast du was für uns herausgefunden?“, fragte ich, bevor ich anfing, seine Bedenken ernst zu nehmen.

„Nicht viel. Die Internetseite des Feinschmeckerführers sagt, dass Billy Rose aus Lafayette in Louisiana stammt, also aus derselben Stadt, aus der auch Julius LaCroix kommt. Julius war immer sein Vorbild.

Und da wir gerade von Julius sprechen: Einem Zeitungsartikel zufolge steckt sein Restaurant in finanziellen Schwierigkeiten. Julius hat einen stillen Teilhaber, dem mehr als die Hälfte vom Restaurant *L'Aventure* gehört, und angeblich hat der Teilhaber vor, Julius abzuservieren."

Ich stieß einen leisen Pfiff aus. „Das ist ja ein Hammer. Wir hätten nie gedacht, dass Julius so in der Klemme steckt. Vielleicht würde er doch für uns kochen, auch wenn wir ihm nicht das Leben retten."

„Häh?", fragte Jesus.

„Ach, vergiss es. Sag mal, kannst du für mich rausfinden, wo man einen Skorpion kaufen kann – du weißt schon, als Haustier?"

„Quentin, jetzt bist du wirklich übergeschnappt."

„Er ist nicht für mich", beteuerte ich. „Ehrlich nicht."

„Klar, das kenne ich. Du hast einen *Freund*, der einen Skorpion haben will. Aber ich werde mich trotzdem mal schlau machen."

„Danke, Kumpel. Dann bis später."

India lachte. „Glaubt Jesus tatsächlich, dass du einen Skorpion als Kuscheltier haben willst?"

„Tja, Hundehaltung ist in unserer Wohnung leider verboten", sagte ich nur. Dann berichtete ich ihr, was Jesus mir über Julius' finanzielle Probleme erzählt hatte. „Was unternehmen wir jetzt, India?"

„Ich denke, wir sollten *L'Aventure* besuchen und Julius und Robbie ein bisschen auf die Nerven gehen."

„Alles klar."

Eine halbe Stunde später befanden wir uns im Büro von *L'Aventure* in einer der schicksten Gegenden der Stadt. Es war kein großes Problem gewesen, an dem Empfangschef vorbeizukommen. Die Leute lassen einen in der Regel durch, wenn man mit Bruchstücken wie *ermitteln in einem Mordfall* oder *das Leben Ihres Chefs könnte bedroht sein* um sich wirft.

Julius saß zusammengesunken hinter einem unordentlichen Schreibtisch. Er wirkte älter als seine 60 Jahre – abgezehrt, mit tiefen Rändern unter den Augen, als hätte er schlecht geschlafen. Das war auch kein Wunder, denn schließlich musste er damit rechnen, bald das nächste Opfer eines wahnsinnigen Killers zu werden.

Robbie McGrath wirbelte im Büro herum. Anders als am Tag zuvor wirkte er ziemlich nervös. Er schob Papiere hin und her und regte sich über eine verschwundene Rechnung auf.

„Ich habe keine Ahnung, warum jemand Billy Rose und Paul Zachary umgebracht hat", antwortete er auf unsere Fragen. „Natürlich hatte Zachary Feinde – er hat im Laufe der Jahre so viele Leute über den Tisch gezogen, dass das nicht ausbleiben konnte. Aber ihn deswegen umzubringen? Das ist vollkommen undenkbar!“

„Irgendjemand hat aber daran gedacht“, sagte ich.

Es klopfte leise an der Tür, und der Empfangschef steckte seinen Kopf durch den Türspalt. „Mr McGrath?“

„Was ist?“, fauchte Robbie.

„Die Champagnergläser kommen wieder fleckig aus der Spülmaschine, und der Kellner weigert sich, sie –“

„Ja, ich komme“, seufzte Robbie. „Hier muss man sich aber auch wirklich um alles kümmern! Bist du in Ordnung, Julius?“

„Ja, Robbie, mir geht’s gut“, sagte Julius.

Robbie ließ uns mit Julius allein, der sich gedankenverloren die Brust massierte.

„Sie sehen erschöpft aus, Mr LaCroix“, bemerkte India. „Geht es Ihnen nicht gut?“

„All diese Vorfälle haben meine Schmerzen in der Brust verschlimmert“, sagte er. „Ich hatte schon zwei Herzanfälle, und die Ärzte haben mir geraten, jeden Stress zu vermeiden. Es würde mich wundern, wenn ich diese Woche überlebe.“

„Es tut mir Leid, das zu hören“, erwiderte ich. „Das muss eine schwierige Zeit für Sie sein.“

„Warum sollte mich jemand umbringen wollen? Ich werde ohnehin nicht mehr lange leben. Letztes Jahr hatte ich eine komplizierte Herzoperation. Und ich habe furchtbare Arthritis.“ Er hielt seine Hände hoch, als könnten wir ihnen ansehen, welche Schmerzen sie ihm bereiteten.

„Mir ist aufgefallen, dass Ihnen auch oft das Gehen schwer fällt“, sagte India. „Liegt das auch an der Arthritis?“

„Nein. Ich leide schon seit Jahren an Faszitis im linken Fuß.“

„Faszitis?“, fragte ich. „Das sind doch Knochenwucherungen, nicht wahr?“

„So etwas in der Art, mein Junge. Auf jeden Fall ist es sehr schmerzhaft. Aber ich möchte das Kochen nicht aufgeben.“

„Und das wissen Ihre Verehrer zu würdigen, Mr La-Croix“, schmeichelte India ihm.

„Nun, ich habe immer meine ganze Kraft in dieses Unternehmen gesteckt und war stets überaus großzügig zu meinen Kollegen. Jetzt bin ich nur noch ein trauriger, verbrauchter, alter Mann ...“

Julius versuchte offensichtlich, unsere Sympathie zu gewinnen, indem er sich als bedauernswertes Opfer darstellte. Aber irgendwie hatte ich das Gefühl, dass er uns diese Tränendrüsen-Nummer nur vorspielte.

„Ich fühle mich schuldig an Billys Tod“, fuhr er fort. „Ein vergifteter Salat, der eigentlich für mich gedacht war. Oh, warum habe ich ihn nur nicht gegessen! Wäre doch nur ich das Opfer gewesen, ein nutzloser, alter Mann, dessen Leben so gut wie vorbei ist, und nicht der arme Billy, der seine ganze Zukunft noch vor sich hatte.“

Robbie kam ins Büro zurück und sagte: „Mr LaCroix braucht jetzt seine Ruhe. Wir haben heute Nachmittag einen Drehtermin, und wir wollen unsere Zuschauer nicht enttäuschen.“

„Ja, er hat Recht. Ich bin wirklich müde. Können wir unsere Unterhaltung ein andermal fortsetzen?“, bat Julius freundlich.

Robbie half Julius beim Aufstehen und führte ihn zur hinteren Tür. In dem kleinen Raum dahinter stand eine Schlafcouch. „Leg dich ein wenig hin, Julius“, riet er seinem Chef und schloss die Tür.

„Wie geht es ihm wirklich, Mr McGrath?“, fragte India.

„Mr LaCroix fühlt sich der Öffentlichkeit verpflichtet“, erklärte Robbie. „Es ist die Freude der Menschen, die ihn immer wieder antreibt. Aber manchmal übertreibt er es. Er ruiniert seine Gesundheit.“

„Mr McGrath, was glauben Sie, wer Billy Rose und Paul Zachary getötet hat?“, fragte ich unverblümt.

„Das weiß ich nicht“, sagte Robbie. „Ich habe keine Ahnung.“

„Ist Ihnen aufgefallen, dass die Morde in der Reihenfolge stattgefunden haben, in der die Köche in Ihrem Buch aufgeführt sind?“

„Was?“, fragte er. „Was für ein schrecklicher Zufall!“

„Dazu kommt noch“, fuhr ich fort, „dass Billy Rose durch einen Salat gestorben ist, der durchaus mit dem zu vergleichen ist, den Sie in Ihrem Buch als sein Spezialrezept beschreiben. Und Paul Zachary wurde mit einem Trichter im Mund aufgefunden, als wäre er eine seiner eigenen Mastgänse. Halten Sie auch das für einen Zufall?“

„Ich bin mir nicht sicher, worauf du hinauswillst“, wehrte sich Robbie, „aber wenn du damit andeuten willst –“

Erneut steckte der Empfangschef den Kopf zur Tür herein. „Ich störe Sie ungern, Mr McGrath, aber ich glaube, dass schon wieder jemand den Whiskey mit Wasser gestreckt hat. Die Küchenhilfe sagt, dass sie es nicht war, aber ich bin mir ziemlich sicher, dass –“

„Ja, ja, ich komme schon“, unterbrach ihn Robbie. „Ich werde gebraucht“, entschuldigte er sich bei uns.

„Das verstehen wir“, sagte ich.

„Wir finden auch allein hinaus“, ergänzte India, als Robbie das Büro verließ.

Sobald er die Tür hinter sich geschlossen hatte, traten wir in Aktion. „Los", flüsterte ich. „Uns bleiben nur ein paar Minuten."

Ich stürzte mich auf den Aktenschrank, und India nahm sich die Schreibtischschubladen vor.

Ich fand eine Akte, auf der *persönlich* stand, zog sie heraus und legte sie auf den Schreibtisch. Zwischen den Aktendeckeln befanden sich alle möglichen Unterlagen – der Versicherungsschein fürs Auto, Kontoauszüge und solches Zeug.

„Bingo", murmelte ich, als ich schließlich auf ein paar zusammengeheftete Seiten stieß, die mit *Testament und letzter Wille von Julius Leo LaCroix* betitelt waren.

„Was hast du da?", fragte India.

„Das Testament von Julius", sagte ich. „Hier steht, dass ein Robert James McGrath der Alleinerbe des gesamten Besitzes, bla, bla ... oh, warte – hier steht auch, dass Robbie sein Sohn ist und dass es ihm Leid tut, dass er sich nie öffentlich zu ihm bekannt hat."

„Sein Sohn war immer sein dunkles Geheimnis", sagte India gedankenvoll.

„Und vielleicht das Motiv für einen Mord", ergänzte ich.

„Das kann schon sein", meinte India. „Sieh dir mal an, was ich gefunden habe. Robbies Kreditkartenabrechnung mit Posten von mehreren Spielcasinos." Sie blätterte die Auszüge durch. „Und hier sind welche von unterschiedlichen Rennbahnen. Und hunderte von Abbuchungen von einer Firma, die sich *Spielerparadies.com* nennt."

„Mir scheint, der gute Robbie hat ein Suchtproblem", stellte ich fest.

„Und dann haben wir auch ein Motiv", sagte India. „Wenn Robbie Geld braucht, um seine Spielsucht zu finanzieren, weiß er, woher er es kriegen kann. Allerdings muss dafür zuerst der alte Julius ins Gras beißen."

„Ich vermute außerdem, dass Robbie sauer ist, weil sein Vater ihn immer verleugnet hat."

Plötzlich waren von draußen Schritte zu hören. Blitzschnell stopften wir die Unterlagen in die Ordner zurück und ließen sie gerade noch rechtzeitig wieder in Schränken und Schubladen verschwinden, bevor Robbie hereinkam.

„Wir wollten gerade gehen", sagte ich beiläufig im Hinausgehen.

Er sah uns misstrauisch an. „Das wird auch langsam Zeit."

Draußen auf der Straße atmete India erleichtert auf. „Puh! Das war knapp. Wahrscheinlich hätte er es nicht witzig gefunden, wenn er uns beim Schnüffeln erwischt hätte. Also, was denkst du von unseren neuen Informationen?“

„Es ist die alte Geschichte“, antwortete ich. „Wo ein Testament ist, gibt es immer auch einen Erben. Und wenn Robbie der Mörder ist, ist seine Tat noch abscheulicher. Denn das würde bedeuten, dass er die Ermordung seines eigenen Vaters geplant hat.“

Gesichtsmaske

„Vielleicht hat Robbie wirklich geplant, Julius zu ermorden, damit er schneller an seine Erbschaft kommt“, sagte India. „Das würde erklären, wie Billy zum zufälligen Opfer werden konnte. Aber warum Paul Zachary ermordet wurde, wissen wir dann immer noch nicht.“

„Es sei denn, Robbie hat Paul Zachary nur umgelegt, um uns von seiner Spur abzulenken“, sagte ich. „Dieses Monster, das wir auf dem Überwachungsvideo gesehen haben, sah verrückt genug aus, um so etwas zu tun ...“

„Das nächste Rezept in Robbies Kochbuch ist übrigens von Wladimira Kontscharowna.“

„Wir sollten sofort zum Festival zurückgehen", sagte ich. „Jemand muss die alte Wladimira warnen, dass sie die Nächste sein könnte, die auf Eis gelegt wird."

Wir nahmen ein Taxi, kamen jedoch nicht weit, weil die Straßen mit Festivalbesuchern verstopft waren. „Das Aufsehen, das die Morde erregt haben, scheint dem Festival nicht geschadet zu haben", stellte India fest.

„Unterschätze niemals die Faszination, die von Gewaltverbrechen ausgeht", dozierte ich und bezahlte den Taxifahrer.

Als Erstes steuerten wir die Schauküche von Julius an, in der später die Fernsehshow aufgezeichnet werden sollte. Inspektor Cooper war schon da und wies ein paar uniformierte Beamte an, wo sie die Absperrgitter für die Zuschauer aufstellen sollten. Wir erzählten ihm von unserer Theorie.

„Klingt ziemlich unwahrscheinlich", meinte er. „Aber merkwürdig ist es schon, dass die zwei ersten Rezepte im Buch von den beiden Opfern stammen."

„Und auch die Art ihres Todes hängt irgendwie mit den beschriebenen Gerichten zusammen", ergänzte ich.

„Ich werde meine Männer anweisen, Wladimira Kontscharowna und Danny Moran besonders im Auge zu behalten", versprach Inspektor Cooper.

„Es dürfte allerdings schwierig werden, sie in dieser Menschenmasse wirkungsvoll zu beschützen“, bemerkte India.

„Inspektor Cooper, wir wollten Sie außerdem fragen, ob wir uns das Video des Mordes noch einmal ansehen dürfen“, sagte ich.

„Ich war gerade auf dem Weg in unsere Einsatzzentrale auf der anderen Straßenseite“, sagte Inspektor Cooper. „Wir haben uns so dicht wie möglich am Ort des Geschehens niedergelassen. Kommt mit.“

Die Einsatzzentrale lag im zweiten Stock eines Bürogebäudes gegenüber der St.-Patricks-Kathedrale. Große Panoramafenster boten einen perfekten Blick auf die Schauküche von Julius LaCroix.

Inspektor Cooper wies seinen Kollegen Logan an, uns das Video vorzuspielen. Dann verschwand er, um zu telefonieren.

„Darf ich das benutzen?“, fragte ich Logan und deutete auf die Fernbedienung.

„Klar“, sagte er. „Pass nur auf, dass du nicht aus Versehen etwas löschst.“

Ich spulte das Band bis zu dem Moment vor, in dem der Mörder auf die Kamera zuging.

„Er ist ziemlich groß“, stellte ich fest. „Was meinst du, India, ist das Robbie?“

„Ich weiß nicht. Robbie ist eher ein dünner Typ.

Und um jemandem mit einem Schinken den Schädel einzuschlagen, braucht man ziemlich viel Kraft."

„Hab ich dich", murmelte ich und ließ das Bild des Mörders auf dem Bildschirm erstarren. Dann vergrößerte ich das faltige, teigige Gesicht.

„Er sieht wirklich aus wie ein Monster", sagte ich zu India. „Irgendwas an dieser Gestalt kommt mir bekannt vor, aber ich komme einfach nicht darauf, was es ist."

„Kannst du erkennen, wer sich unter der Maske verbirgt?", fragte India. „Also, ich wüsste nicht, wer es sein könnte."

„Nein, das ist es nicht. Da ist nur etwas in meinem Hinterkopf ..." Ich spulte das Band zurück, und wir sahen uns alles ein weiteres Mal in Zeitlupe an.

„Nur ein Koch würde auf die Idee kommen, eine Maske aus Teig zu tragen", dachte ich laut. „Denn jeder Täter entscheidet sich in der Regel aus einem ganz bestimmten Grund für seine Maskierung. Auch wenn die Begründung dafür nur im Unterbewusstsein vorhanden ist."

„Wollt ihr mit diesen Aufnahmen weitermachen?", fragte Logan und hielt mir drei Kassetten hin.

„Ich dachte, die anderen Kameras wären mit Creme verschmiert gewesen", sagte ich.

„Das waren sie auch", bestätigte Logan. „Wie sich

herausstellte, war es übrigens keine Creme, sondern Butter."

„Darauf hätten wir auch gleich kommen können", bemerkte India. „Ein mordender Küchenchef benutzt natürlich Butter."

„Aber diese Aufnahmen sind nicht aus dem Kaufhaus", sagte Logan. „Sie stammen von den Fernsehteams, die die Eröffnungsfeier gefilmt haben."

„Super! Vielleicht ist darauf etwas zu sehen, was wir von unseren Plätzen aus nicht mitbekommen haben", sagte India.

Der Beamte legte die erste Kassette ein. Für eine professionelle Aufnahme war die Bildqualität erstaunlich schlecht. Der Kameramann hatte in einem ungünstigen Winkel am Rand der Bühne gestanden und lediglich alles abgefilmt: die Ankunft der einzelnen Köche, ihre Begrüßung durch Deborah Hudson und so weiter. Der Lärm der Zuschauer und die laute Hintergrundmusik übertönten alles, was auf der Bühne gesprochen wurde.

Jeder der Starköche ging unmittelbar an einem der Pflanzkübel mit dem Oleander vorbei, doch auf dem Video war nicht zu sehen, ob einer von ihnen etwas von einer Pflanze abriss.

„Gelegenheiten ohne Ende", bemerkte ich, „aber nicht der geringste Hinweis auf den Täter."

Das andere Band zeigte dasselbe. Nur beim dritten Film, der von der Bühnenmitte aufgenommen war, konnte man beinahe verstehen, worüber Billy und Julius sprachen.

„Wir haben uns diese Bänder bestimmt 100-mal angesehen“, klagte Inspektor Cooper. „Aber sie geben einfach nichts her. Alle Köche und Deborah Hudson haben in Griffweite des Oleanders gestanden. Jeder von ihnen hätte Billy Rose vergiften können. Es könnte sogar Selbstmord gewesen sein.“

„Paul Zachary hat aber keinen Selbstmord begangen“, warf ich ein. „Dabei fällt mir ein: Haben Sie die Köche schon gefragt, wo sie gestern Abend um 19 Uhr waren, als Zachary mit einem Schinken niedergestreckt wurde?“

„Danny Moran und Deborah Hudson haben sich gegenseitig ein Alibi gegeben – sie behaupten, dass sie zur Zeit des Mordes zusammen waren“, sagte Inspektor Cooper.

„Und das ist sogar glaubhaft“, bemerkte India.

„Mrs Kontscharowna hatte jedoch kein Alibi. Sie gibt an, dass sie zum Zeitpunkt des Mordes allein in ihrem Restaurant war.“

„Und was ist mit Julius?“, fragte ich.

„Er war beim Arzt. Sein Herzspezialist ist Dr. Halperin vom Mount-Sinai-Krankenhaus. Zum Glück war er auf dem Festival und hat Julius sofort nach dem Skorpionenbiss untersucht. Sein Assistent McGrath hat ausgesagt, dass er Julius danach zu einem weiteren Herzspezialisten ins Ärztehaus gefahren hat. Das war ein Dr. Pizzano."

„Haben Sie das Alibi überprüft?", fragte ich.

„Natürlich. Dr. Pizzano hat bestätigt, dass Julius in seiner Praxis war."

„Wir stehen kurz vor dem großen Durchbruch", sagte ich. „Das fühle ich. Aber zuerst müssen wir mit Wladimira sprechen. Ich wüsste zu gern, was sie zu den Morden zu sagen hat."

„Außerdem müssen wir sie warnen", fügte India hinzu.

„Wovor?", fragte der Inspektor.

„Dass sie die Nächste sein könnte."

Am Spieß

Die dröhnende russische Musik war schon drei Blocks entfernt zu hören. Auf den ersten Blick schien vor dem *Kaviarpalast* das Chaos ausgebrochen zu sein. Menschenmengen drängelten sich auf der

Straße, und auf einer Plattform stand Wladimira hinter einem gigantischen Grill.

Jongleure schleuderten Schwerter mehrere Meter hoch in die Luft, Akrobaten schlugen Saltos, und bärtige Männer führten einen russischen Kosakentanz vor, diesen seltsamen Reihentanz, bei dem man mit gekreuzten Armen in die Hocke geht und dann abwechselnd die Beine nach vorn wirft.

Die Flammen schlugen hoch, als Wladimira mit riesigen Fischstücken, Tomaten und Zwiebeln gespickte Schwerter auf den Grill legte. Als alles gut durchgebraten war, zog sie die Schwerter mit großer Geste aus dem Feuer.

„Das sieht echt lecker aus!“, rief India mir zu.

Bildhübsche Mädchen in äußerst knappen Kostümen stürmten herbei, beladen mit riesigen Tabletts voller Safranreis und gegrillter Feigen.

„Das kann man wohl sagen“, bestätigte ich.

Mit Schwung streifte Wladimira die dampfende Köstlichkeit vom ersten Schwert auf eines der Tabletts. Das erste der Mädchen stürzte sich mit ihrer Ladung in die hungrigen Massen. Was zunächst wie ein chaotisches Durcheinander ausgesehen hatte, erwies sich bei genauerem Hinsehen als straff durchorganisierte Veranstaltung. Wladimira und ihre Mitarbeiter arbeiteten so perfekt zusammen wie eine gut geölte Maschine. Das scheinbare Chaos hatte also Methode.

India und ich drängten uns bis zum Eingang des menschenleeren Restaurants durch. Schließlich wurde das Essen auf der Straße verschenkt – natürlich war niemand so dumm, sich ins Restaurant zu setzen und dafür zu bezahlen!

„Puh!“, sagte ich und wischte mir über die Stirn. „Ich bin schon vom Zusehen fix und fertig. Die Show ist wirklich klasse!“

In diesem Moment kam Wladimira ins Restaurant gestürmt. Sie sah vollkommen erledigt aus. Ihr bodenlanges schwarzes Abendkleid war schweißgetränkt, und ihr Gesicht glühte von der Hitze des Grills und dem Hantieren mit den Schwertern.

Der Leibwächter mit den zusammengewachsenen Augenbrauen war dicht hinter ihr. Ich warf India einen viel sagenden Blick zu. Der Typ war mit Sicherheit stark genug, um jemanden mit einem Schinken zu erschlagen.

India griff sich ein Glas Wasser von einem der Tische und reichte es Wladimira, die es hinunterstürzte, als hätte sie die letzten 30 Tage in der Sahara verbracht.

„Ein weiterer Triumph!“, stieß sie hervor und knallte das Glas auf den Tresen. „Die heutige Show wird so schnell niemand vergessen. Meine Mannschaft war großartig, das Schaschlik perfekt und ich so souverän wie immer!“ Erst jetzt schien sie unsere Anwesenheit überhaupt zu bemerken. „Und wer seid ihr?“, fragte sie. „Wartet! Sagt nichts! Ihr beide wart dabei, als Mr Rose vergiftet wurde.“

„Das stimmt“, sagte India.

„Ich habe ein hervorragendes Personengedächtnis!“, prahlte Wladimira.

„Wir untersuchen die Morde an Billy Rose und Paul Zachary“, erklärte ich. „Darüber würden wir gern mit Ihnen reden. Gibt es hier einen Ort, an dem wir ungestört sind?“

„Folgt mir!“, befahl sie in einem Ton, der direkt aus einem Trainingslager der Roten Armee zu stammen schien. „Gunther, du bleibst hier – ich bin sicher, dass ich von diesen beiden Kindern nichts zu befürchten habe.“

Gunther gehorchte wie ein braver Wachhund. Ich fragte mich, ob er überhaupt sprechen konnte.

Wladimira führte uns durch eine Wunderwelt aus rotem Samt und Blattgold – der *Kaviarpalast* war alles andere als dezent – in ein kleines Büro. Als wir uns setzten, sagte India: „Wir fürchten, dass Sie in Gefahr sind, Mrs Kontscharowna.“

Wir erzählten ihr von unserer Theorie, dass der

Mörder das Kochbuch von Robbie McGrath als Anleitung zu seinen Taten benutzte.

„Was für ein Unsinn!“, sagte Wladimira zwar sofort, doch ich merkte, dass sie unsere Warnung ernst nahm. Die Röte war aus ihrem Gesicht gewichen. „Niemand würde es wagen, mich umzubringen. Ich habe meinen Leibwächter.“ Sie griff in die Schublade ihres Schreibtischs. „Und wenn wirklich jemand dumm genug ist, es zu versuchen, habe ich auch noch das hier!“, fügte sie hinzu und zeigte uns einen kleinen Revolver mit einem Griff aus Perlmutt. „Und glaubt mir, ich kann damit umgehen. Mein Vater war Oberst in der Roten Armee.“

„Das erklärt den Kommando-Ton“, dachte ich. „Wenn Sie überzeugt sind, dass Sie nicht in Gefahr sind, wozu haben Sie dann eine Waffe?“

„Vorsicht ist besser als Nachsicht, wie man so schön sagt.“ Sie legte die Waffe auf den Schreibtisch und tätschelte sie liebevoll.

„Es freut mich, dass Sie so gut geschützt sind, Mrs Kontscharowna“, sagte India. „Würden Sie uns etwas über Ihre Beziehung zu Paul Zachary erzählen? Ich hatte den Eindruck, dass Sie nicht gerade die besten Freunde waren.“

„Das stimmt“, sagte sie. „Paul Zachary und ich haben uns nicht gut verstanden. Wir waren Konkurrenten, keine Freunde. Trotzdem bedaure ich seinen Tod. Wir werden ihn alle sehr vermissen."

„Nur Sie wahrscheinlich nicht", dachte ich.

„Julius LaCroix dagegen würde sicherlich niemand vermissen", fuhr sie fort. „Niemand! Nun ja, vielleicht wird diese Ratte Robbie McGrath eine Träne vergießen, wenn der Alte abtritt. Aber sonst niemand! Julius LaCroix hat in unserem Gewerbe schon zu viele Leute vor den Kopf gestoßen. Er hat sich überall Feinde gemacht."

„Auch Sie, Mrs Kontscharowna?", fragte ich und dachte einen Moment lang, dass sie mir an die Kehle gehen würde. India krallte ihre Fingernägel in meine Hand, als Wladimira den Revolver nahm und in ihrer Hand wog. Doch dann stand Wladimira auf, schnappte sich ihre Handtasche und verstaute die Waffe darin. Ich atmete auf.

„Ihr müsst mich jetzt entschuldigen", sagte sie. „Ich fahre in die Eissporthalle. Dort wird unsere Eisskulptur für die Ausstellung heute Abend gelagert – ein prächtiger sibirischer Tiger."

Wladimira führte uns im Eiltempo durchs Restaurant und zur Tür hinaus. Die Menschenmenge vertilgte gerade die Reste der Fischspieße. Auch die Jongleure und Tänzer waren noch immer in voller Aktion.

India und ich kämpften uns durch die Menschenmassen. „Hast du gemerkt, dass Zacharys Tod die alte Wladi stärker getroffen hat, als sie zugeben wollte?“, fragte ich India. „Sie hat diese Pistole umklammert, als wäre sie ihre einzige Rettung.“

„Das ist mir auch aufgefallen. Sie verheimlicht uns irgendetwas.“

„Aber was?“, sagte ich nachdenklich. „Das ist hier die Frage. Was ist es, das sie uns nicht verraten will?“

Auf Herz und Nieren

„Wir haben genügend Verdächtige, um damit eine ganze Kochsendung zu füllen“, stellte ich auf unserem Rückweg in die Innenstadt fest. „Da sind Julius LaCroix, Robbie McGrath, Wladimira Kontscharowna und ihr Leibwächter. Sie alle sind stark genug, um der Monster-Killer zu sein.“

„Wenigstens können wir Paul Zachary von unserer Liste streichen“, sagte India. „Ein besseres Alibi als seines gibt es schließlich nicht.“

„Stimmt“, bestätigte ich. „Vielleicht sollten wir einfach abwarten, bis sich dieser Fall von selbst löst. Wer zum Schluss übrig bleibt, muss der Mörder sein.“

„Falls einer übrig bleibt“, gab India zu bedenken.

Natürlich war das Galgenhumor, aber wir fühlten uns auch ziemlich hilflos.

„Da ist Danny Moran“, sagte India plötzlich.

Wir steckten gerade in der Drehtür des *Turf Club*, weil wir gehofft hatten, Danny dort zu treffen. Doch er war gerade in diesem Moment auf dem Weg, das Restaurant zu verlassen.

Ich klopfte an die Glasscheibe, um seine Aufmerksamkeit zu erregen. India und ich machten mit der Tür eine komplette Drehung und landeten wieder auf dem Bürgersteig.

„Mr Moran –“, begann ich.

„Keine Autogramme“, sagte Danny. „Aber komm doch später ins Restaurant – vielleicht können wir noch eine Aushilfe gebrauchen.“ Er taxierte India von oben bis unten. „Schon mal daran gedacht, als Hostess zu arbeiten, Schätzchen?“

„Ich stehe mehr auf Karate“, konterte India trocken. „Aber trotzdem danke für Ihr Angebot, auch wenn wir nicht wegen Autogrammen oder eines Jobs gekommen sind.“

„Weswegen dann?“, fragte Danny, der schon wieder auf dem Sprung war.

Wir erklärten, wer wir waren. „Ach ja, jetzt erkenne ich euch“, war alles, was er dazu sagte.

Er war so ungeduldig, dass er seinen Oberkörper ständig hin und her wiegte wie ein Boxer, der zur ersten Runde in den Ring steigt. „Ich bin auf dem Weg zur Eissporthalle, um zu überprüfen, dass unsere Skulptur für die Ausstellung heute Abend fertig ist. Sie zeigt übrigens die zwei Jungs, die von einer Wölfin gesäugt wurden und dann Rom gegründet haben."

„Romulus und Remus", sagte ich.

„Ja, genau. Ich wollte eine Skulptur, die Nahrung und Action miteinander verbindet. Sie ist echt spitzenmäßig – ihr solltet sie euch ansehen."

„Das werden wir tun", sagte India. „Aber vorher würden wir Ihnen gern ein paar Fragen stellen. Haben Sie einen Moment Zeit?"

„Für ein hübsches Mädchen habe ich immer Zeit", schmeichelte er ihr. „Nur leider im Augenblick nicht. Komm einfach nach Geschäftsschluss ins Restaurant, dann werden wir uns schon einig. Und wenn du dich von diesen Armeestiefeln verabschiedest, Schätzchen, könnte aus dir eine richtig niedliche kleine Hostess werden."

India ignorierte diese Frechheit. „Was glauben Sie, wer Julius LaCroix ermorden will?"

„He, sehe ich aus wie Sherlock Holmes? Woher soll ich wissen, wer den alten Sack erledigen will? Praktisch jeder, der ihm jemals begegnet ist – mit Ausnahme einiger Vertreter für Dosensuppen. Aber jetzt muss ich los. Bis später, Süße."

Er stürmte davon. Es wäre sinnlos gewesen, mit ihm mithalten zu wollen. Denn er hatte eindeutig keine Lust, mit uns zu reden, zumindest nicht über die Morde.

„Was für ein Idiot", sagte India.

„Ja, der Typ ist wirklich unverschämt", bestätigte ich. „Mich hat er kein einziges Mal Schätzchen genannt."

India schlug mir auf die Schulter. „Dann nimm das, Schätzchen", sagte sie. „Bist du nun zufrieden?"

Ich rieb mir die Stelle, an der sie mich getroffen hatte. „Muss ich ja wohl. Was unternehmen wir jetzt? Wollen wir uns Deborah noch einmal vornehmen? Ich wette, die Eisprinzessin würde fast alles dafür tun, dass ihr Geliebter in der Nahrungskette ein paar Stellen aufrückt."

India sah mich nachdenklich an. „Schon möglich. Aber irgendwie habe ich bei ihr und bei Danny nicht das Gefühl, dass sie zu kaltblütigen Morden fähig wären. Danny ist zwar unausstehlich, aber für einen Mörder halte ich ihn nicht. Ich denke, wir sollten lieber Julius' Arzt besuchen. Was hältst du davon, Süßer?"

„Gute Idee, Schätzchen."

Wir marschierten in Richtung Ärztehaus. Wenig später standen wir im Empfangsbereich des Gebäudes. Der Mann am Informationsschalter las in einer Zeitschrift. „Kann ich Ihnen helfen?", fragte er, ohne seine Lektüre zu unterbrechen.

„Wir möchten gern zu Dr. Pizzano, dem Herzspezialisten."

Der Mann blickte auf, nahm seine Lesebrille ab und sah uns irritiert an. „Ihr müsst einen anderen Dr. Pizzano meinen."

„Wieso?", fragte ich verwirrt.

„Wir haben hier im Haus einen Dr. Pizzano", antwortete der Mann. „Aber er ist kein Herzspezialist, sondern Orthopäde – ihr wisst schon, Arme und Beine. Aber Dr. Pizzano ist nicht da. Heute hat er keine Sprechstunde."

„Das verstehe ich nicht", sagte ich. „Die Polizei hat doch gesagt –"

„Ich weiß, was passiert ist", unterbrach India mich und schnippte aufgeregt mit den Fingern. „Julius hat den Polizisten nur gesagt, dass er beim Arzt war, und ihnen Dr. Pizzanos Namen genannt. Und da er ein Herzleiden hat, ist Inspektor Cooper wahrscheinlich automatisch davon ausgegangen, dass es sich bei Dr. Pizzano um einen Herzspezialisten handeln muss."

„Du hast Recht“, sagte ich. Dann wandte ich mich wieder dem Mann am Empfangstresen zu. „War ein sehr großer, älterer Herr – weiße Haare, gepflegte Erscheinung und mit einem Gehstock – gestern Nachmittag hier im Haus?“

„Du meinst bestimmt Mr LaCroix“, schlussfolgerte er. „Klar, der war gestern hier. Er ist einer von Dr. Pizzanos Patienten. Ich finde ihn auch sehr nett, denn er gibt mir jedes Mal einen Kochtipp. Erst gestern hat er mir geraten, Pfannkuchenteig mit einer Garnierspritze in die Pfanne zu geben. Ich werde das auf jeden Fall ausprobieren!“

„Machen Sie das“, sagte ich. „Aber vergessen Sie nicht, dem Teig ein paar Tropfen Vanilleextrakt hinzuzufügen.“

Als wir wieder draußen waren, bemerkte India: „Ich wusste gar nicht, dass du Pfannkuchen machen kannst.“

„Ich bin der Pfannkuchen-König“, behauptete ich. „Waffeln kann ich aber auch.“

„Wer hätte das gedacht?“, murmelte India.

„Julius hatte also einen Termin wegen seiner Fußkrankheit“, überlegte ich laut. „Irgendwie habe ich das Gefühl, dass das wichtig ist, aber ich weiß nicht genau, warum. Lass uns mal bei Jesus nachfragen, ob er schon etwas Neues herausgefunden hat.“ Ich holte mein Handy heraus und drückte die entsprechende Kurzwahltaste.

„Hallo?“

„Hi, ich bin’s“, sagte ich. „Irgendwelche Neuigkeiten?“

„Hi“, antwortete Jesus. „Ich weiß jetzt, wo du einen Skorpion herkriegst. Es gibt in der ganzen Stadt nur zwei Zooläden, die welche verkaufen. Da gibt es übrigens auch Vogelspinnen, falls es dich interessiert.“

„Da bleib ich lieber bei Goldfischen“, meinte ich nur. „Wo sind diese Zooläden?“

„Der eine ist in einem Vorort, ist also wohl nicht der, den du meinst“, erklärte Jesus. „Der andere nennt sich *Exotenparadies* und liegt in der 42. Straße.“

„Danke, Mann“, sagte ich. „Wir sehen uns den Laden mal an.“

„Und noch etwas“, fügte Jesus hinzu. „Ich bin im Internet auf einen alten Zeitungsartikel über Julius LaCroix gestoßen. Anscheinend hatten er und Paul Zachary vor langer Zeit einmal eine gemeinsame Kneipe, die *Skorpion-Bar* hieß. Interessant, oder?“

„Sehr“, bestätigte ich.

„Die Bar hat Pleite gemacht – woran sich beide Partner gegenseitig die Schuld gaben. Es war ein Riesentheater, und seitdem haben Julius und Paul kein Wort mehr miteinander gesprochen.“

„Kannst du herausfinden, wer momentan der Geldgeber vom *L'Aventure* ist?", fragte ich.

„Klar", sagte Jesus.

„Danke, Kumpel. Dann bis später."

„Adios."

„India, besorg uns ein Taxi", sagte ich. „Wir müssen in die 42. Straße."

Das Exotenparadies

Das *Exotenparadies* war ein dunkler, voll gestopfter Laden, in dem es nach feuchten Sägespänen, nassem Fell und abgestandenem Wasser roch. Die Käfige, die sich vom Boden bis zur Decke stapelten, waren zum größten Teil mit ekligen Kreaturen gefüllt – Schlangen, Echsen, Stinktieren und fetten, haarigen Spinnen. Hinter dem Verkaufstresen saß ein dicker, kahlköpfiger Mann mit einem silbernen Ring in der Lippe.

„Entschuldigen Sie", sagte ich und unterbrach damit seine Comicheft-Lektüre. „Haben Sie auch Skorpione?"

Ohne seinen Blick von Spidermans Abenteuern abzuwenden, zeigte der Verkäufer an die hintere Wand. India und ich bahnten uns einen Weg zwischen Säcken mit Rattenfutter hindurch, die mitten im Laden gestapelt waren. Im hinteren Teil des Geschäfts, unter einem Aquarium, in dem sich Piranhas, Zwerghaie und winzige Barrakudas tummelten, befanden sich mehrere Terrarien. In jedem saß ein gefährlich aussehender Skorpion von genau der Sorte, die Julius gestochen hatte.

„Schreckliche Viecher, findest du nicht?“, sagte ich.

„Fast so niedlich wie Kätzchen“, bemerkte India trocken.

Wir kehrten zur Kasse zurück. „Hat in letzter Zeit vielleicht jemand einen Skorpion gekauft?“, fragte India und schenkte dem Verkäufer ihr strahlendstes Lächeln.

Jetzt hatten wir den Verkäufer endlich von seiner Lektüre losgeeist. „Von diesen netten Kerlchen verkaufen wir nicht viele. Aber gestern ist einer weggegangen. Der Typ hat sogar einen besonders lebhaften verlangt.“

„Tatsächlich?“, antwortete ich. „Wissen Sie zufällig noch, wie er aussah?“

„Ob ich es noch weiß?“ Der Verkäufer schüttelte den Kopf. „Wie könnte ich das vergessen? Er war mit einem Glitzerkostüm und einem Cowboyhut aufgedonnert und trug eine ganze Sammlung von dicken Ringen. Ich wette, er hatte auch Glöckchen an den Zehen. Er sah aus, als wollte er zu einem Kostümfest."

„Seinen Namen wissen Sie nicht zufällig?", fragte ich, obwohl mir bereits klar war, um wen es sich gehandelt haben musste.

„Nee. So sehr hat mich der Typ auch wieder nicht interessiert. Hier kommen andauernd irgendwelche Verrückten rein."

„Trotzdem vielen Dank für Ihre Hilfe", sagte ich.

Er hatte schon wieder seinen Comic vor der Nase und antwortete nicht.

Auf der Straße stellte India sich an den Fahrbahnrand, um uns ein Taxi zu besorgen. Ich weiß nicht, woran es liegt, aber irgendwie schafft sie es immer, die Aufmerksamkeit von Taxifahrern zu erregen. Es klappte auch diesmal.

„Zur St.-Patricks-Kathedrale", wies sie den Fahrer an.

„Dieser maskierte Mörder lässt mich nicht los", sagte ich, als das Taxi im Schneckentempo durch das übliche Chaos auf den Straßen kroch. „Ich habe das Gefühl, als wäre die Lösung so dicht vor unserer Nase, dass wir sie nicht mehr erkennen. Ich bin außerdem fest davon überzeugt, dass sich unser Verrückter nicht zufällig mit Teig maskiert hat."

„Es ist, als hätte jemand in letzter Minute nach einer Verkleidung gesucht, und das Einzige, was er im Schrank hatte, waren Mehl, Wasser und Hefe“, sagte India.

„Genau“, bestätigte ich.

An der Kathedrale angekommen, steuerten wir auf Inspektor Coopers derzeitiges Hauptquartier zu, weil wir uns die Videos noch einmal ansehen wollten.

Wir fragten nach Inspektor Cooper, doch er war nicht da. Allerdings erlaubte uns sein Kollege Logan, die Videos noch einmal abzuspielen.

„Wir haben auch ein neues Band“, informierte er uns. „Ein deutscher Tourist hat den Tod von Billy Rose zufällig gefilmt – von der Sherman-Statue aus.“

„Er hat auf der Statue gesessen?“, fragte ich.

„Auf einem der Hufe“, bestätigte Logan.

„Wir würden zuerst gern noch einmal die Aufnahmen der Fernsehteams sehen“, sagte ich.

„Sie sind mittlerweile digitalisiert, weil wir sie im Computer besser analysieren können“, erklärte Logan. „Kommt mit, ich zeige euch, wie man damit umgeht.“

Er führte uns in einen Raum, der ebenso voll gestopft war wie der, den wir auf der Polizeiwache gesehen hatten, und nahm vor einem Computer Platz.

„Hier ist das erste“, sagte er. Dann gab er uns noch

ein paar kurze Anweisungen zum Abspielen der Videos – Zeitlupe, Vergrößerung und so weiter – und verließ den Raum.

Auf den ersten beiden Videos entdeckten wir nichts Neues. Aber als wir uns das dritte ansahen, fragte India: „Ist das Billys Stimme im Hintergrund?“

Ich spulte zurück und spielte die Szene noch einmal ab. Sie zeigte Billy und Julius dicht beieinander. Billy redete auf Julius ein und schien ihm etwas Aufregendes zu erzählen. Das Einzige, was wir verstanden, waren die einzelnen Worte *Crumfield*, *Restaurant* und *Johannes*.

„Ich wüsste zu gern, ob man die Hintergrundgeräusche ausblenden kann“, murmelte ich und überflog die Menüpunkte im Programm des Computers. Und tatsächlich, ein paar Minuten später hörten wir klar und deutlich, was Billy zu Julius gesagt hatte.

„Ist das nicht aufregend? Ronald Crumfield hat mich Anfang der Woche ganz überraschend angerufen und mir die Stelle als Chefkoch in seinem neuen Restaurant angeboten!“

Ich stoppte das Band. „War *Julius* nicht für diesen Posten vorgesehen?“

India war genauso überrascht. „Ja, das dachte ich zumindest. Aber anscheinend hat der Immobilienhai seine Meinung geändert.“

Ein Blick auf Julius' entsetztes Gesicht verriet uns, wie er Billys Neuigkeit aufgenommen hatte.

„Er sieht aus, als wäre er am Boden zerstört", sagte ich. „Gebrochen."

„Verzweifelt", ergänzte India. „Niedergeschmettert."

Wir spielten die Unterhaltung noch ein paarmal ab und legten dann die Aufnahme des Touristen ein. Sie zeigte dasselbe wie die anderen Videobänder – alle Köche und Deborah Hudson kamen dem Oleander so nahe, dass jeder in der Lage gewesen wäre, ein paar Blätter abzuzupfen. Aber dann kam der Moment, in dem Deborah Hudson Billy den Salat reichte.

„Stopp!", rief India, und ich drückte sofort die Pausentaste.

„Was ist?", fragte ich.

„Sieh dir mal Paul Zacharys Gesichtsausdruck an", sagte India.

Die anderen drei Aufnahmen waren von schräg unten gefilmt worden, und auf ihnen konnte man Zacharys Gesicht nicht sehen. In diesem Video war seine Mimik jedoch eindeutig.

„Er ist angewidert", sagte ich. „Er sieht zu, wie Billy den Salat nimmt, und er ekelt sich schon, bevor Billy den ersten Bissen im Mund hat."

„Er wusste es also", flüsterte India. „Er wusste, dass der Salat vergiftet war."

„Was entweder bedeutet, dass er Billy vergiftet hat", schlussfolgerte ich, „oder dass er jemand anderen dabei beobachtet hat, wie er den Oleander untergemischt hat. Und dass dieser Jemand ihn anschließend umgebracht hat, um ihn zum Schweigen zu bringen."

„Quentin, wir sind nahe dran, diesen Fall zu lösen."

„Ein Mordfall ist wie ein guter Eintopf", widersprach ich. „Er ist erst fertig, wenn alle Zutaten drin sind, und in diesem Fall fehlt noch eine."

Ich sah auf die Uhr und nahm dann Indias Hand.

„Komm. Lass uns gehen."

„Wohin?

„Ich vermute, dass unsere fehlende Zutat auf Eis liegt."

Tiefgekühlt

„Wladimira meinte, dass die Eisskulpturen in der Eissporthalle aufbewahrt werden", sagte ich. „Ich wette, da finden wir auch Wladimira – und Danny."

Die Eissporthalle lag ganz in der Nähe. Als wir dort ankamen, betrat Robbie McGrath das Gebäude gerade durch eine Seitentür.

„Ihm nach, India!“, rief ich und sprintete los, um die Tür noch zu erwischen, bevor sie zuschlug. Ich wartete kurz, damit Robbie uns nicht bemerkte, dann öffnete ich die Tür, und wir schlüpften hinein. Es dauerte eine Weile, bis sich unsere Augen an das Dämmerlicht gewöhnt hatten. Wir blieben stehen und horchten nach Robbies Schritten.

„Ich glaube, er ist in diese Richtung gegangen“, flüsterte ich India zu, nahm ihre Hand und führte sie in den riesigen Trakt hinter der Eisbahn. Leider hatten wir Robbie schon bald in dem Gewirr düsterer Gänge verloren. Die Korridore knickten in unmöglichen Winkeln ab, schienen im Kreis zu verlaufen und kreuzten sich immer dann, wenn wir es am wenigsten erwarteten. Dutzende von Türen, einige verschlossen, andere offen, verwirrten uns zusätzlich, bis wir schließlich keine Ahnung mehr hatten, wo wir waren.

„Wo ist Robbie nur hingegangen?“, fragte ich.

„Woher soll ich das wissen?“

Wir wanderten durch die Gänge, stiegen Treppen hinauf und wieder hinunter und verloren nun völlig den Überblick. Überall standen Ständer mit glitzernden Kostümen für die Eisrevue, und an manchen Stellen mussten wir über Requisiten hinwegsteigen.

„Kalte Luft“, sagte India plötzlich. „Die Eisbahn muss genau vor uns liegen.“

Wir folgten dem eisigen Luftzug und landeten schließlich am Rand der Eisbahn. Mitten auf dem Eis standen die Skulpturen: ein riesiger Bär mit offenem Maul, der auf den Hinterbeinen stand und wütend die Pranken hob, ein Adler mit ausgebreiteten Flügeln und ein gigantischer, glitzernder Dinosaurier, der aussah, als wäre er direkt dem Film *Jurassic Park* entsprungen. Offenbar beteiligte sich jedes gute Restaurant von New York an der Ausstellung. Ich entdeckte einen Gorilla, eine Anakonda, die mit einem Mann kämpfte, Dannys Wölfin ...

„Und wo ist Robbie geblieben?", fragte ich. „Wenn er nicht gekommen ist, um nach seiner Skulptur zu sehen, was hat er dann vor?"

„Robbie?", rief India in die leere Eishalle. „Mr McGrath?"

Keine Antwort.

„Jemand hier?", brüllte auch ich, doch außer meinem eigenen Echo war nichts zu hören.

„Lass uns verduften, Quentin", sagte India. „Ich habe irgendwie ein komisches Gefühl."

Wir wollten gerade gehen, als mir im Dämmerlicht dunkle Flecken auf dem Eis auffielen.

„Was ist denn das?" Ich kniete mich hin, um besser sehen zu können. Bei den Flecken handelte es sich um Fußabdrücke, aber ich konnte nichts Genaueres erkennen. „Verwischte Fußabdrücke – und Schleifspuren, als wäre hier etwas über den Boden gezogen worden."

Wir folgten den Fußspuren durch eine Tür in einen kleinen Nebenraum, an dessen Rückwand eine Reihe von Kleidersäcken aus durchsichtigem Plastik hing. Die Säcke waren an einem Transportband an der Decke befestigt, wie in einer Reinigung. Die Fußabdrücke endeten direkt unter den Säcken. India ging auf sie zu und stöberte zwischen ihnen herum, als suchte sie nach einem neuen Kleid.

Mein Magen krampfte sich zusammen, als India den Schalter entdeckte, mit dem sich das Band in Bewegung setzen ließ.

„Ich an deiner Stelle würde das nicht tun ...", sagte ich.

Aber sie drückte den Schalter trotzdem herunter, und die Kleidersäcke setzten sich in Bewegung wie kopflose Geister. Plötzlich stürmte Robbie hinter den Säcken hervor. India sprang erschrocken zurück. Keiner von uns rührte sich. India und ich starrten Robbie geschockt an, und er glotzte zurück. Doch plötzlich drängte er sich an uns vorbei und raste zur Tür.

India drehte sich um, als wollte sie ihm nachlaufen, aber als ein besonders unförmiger Kleidersack vor ihr um die Kurve kam, blieb sie wie angewurzelt stehen.

„India!“, schrie ich, und mein Gehirn brauchte einen Moment, um das zu verarbeiten, was meine Augen sahen. „Da!“

Sie wirbelte herum und schlug blitzschnell auf den Schalter. Das Band stoppte sofort.

Es war offenkundig, dass in dem unförmigen Plastiksack kein Kleidungsstück war. Und die Plastikhülle war von einem schwertähnlichen Fleischspieß durchbohrt.

„Quentin“, stieß India hervor. „Das muss –“

„Wladimira sein“, beendete ich den Satz für sie.

In diesem Moment fiel eine Handtasche aus dem Sack heraus. Sie war offen, doch es war weit und breit keine Pistole zu sehen.

Wir rasten zur Eisbahn zurück und von dort aus durch weitere Gänge, bis wir schließlich irgendwie den Haupteingang erreichten.

„Rufen Sie die Polizei“, schrie ich einen jungen Typen in einer albernen rotgoldenen Uniform an, der im Kassenhäuschen vor sich hin döste.

„In dem Raum hinter der Eisbahn ist jemand ermordet worden!“

Er zuckte erschrocken zusammen, griff dann aber nach seinem Telefon und begann zu wählen.

India und ich rannten ins Freie.

„Schnell!“, keuchte ich. „Wir müssen zurück zum Festival. Jemand hat Wladimiras Pistole mitgehen lassen.“

„Jemand?“, schnaufte India und rannte neben mir her. „Du meinst wohl Robbie! Er hat sie umgebracht!“

„Nein!“, widersprach ich. „Dann hätten wir Wladimiras Schreie gehört. Außerdem hatte er nicht genug Zeit, um sie in diesen Kleidersack zu stopfen. Aber ich glaube, er hat gesehen, wer es war!“

„Stimmt. Er wirkte vollkommen verstört“, sagte India.

„Kein Wunder. Schließlich hatte er gerade eine Begegnung mit einem Mörder!“

Glückspastete

Die Fifth Avenue war vollkommen verstopft. Auf der Kreuzung stand ein Polizist und versuchte, die Massen hinter die Absperrungen zu dirigieren. Ich holte mein Handy heraus, um Inspektor Cooper anzurufen, als es genau in diesem Augenblick klingelte.

„Quentin, hier ist Jesus.“

„Was gibt’s?“

„Ich weiß jetzt, wer der Geldgeber vom *L'Aventure* ist", sagte er. „Ich habe die Information in einem Internet-Restaurantführer gefunden. Das errätst du nie!"

„Ronald Crumfield", versuchte ich mein Glück.

„He! Woher weißt du das?"

„Ich habe zwei und zwei zusammengezählt, und es ist ein Millionär dabei herausgekommen."

„Weißt du auch schon, dass Crumfield den Laden schließen will? Er hat vor, Julius LaCroix abzuservieren. Crumfield will sich ganz auf sein neues Restaurant in dem Wolkenkratzer konzentrieren, den er gerade baut."

„Das wusste ich nicht", gab ich zu. „Aber es erklärt einiges. Danke, Jesus."

Ich erzählte India, was ich von Jesus erfahren hatte.

„Und wer kann Wladimiras Waffe genommen haben?", fragte sie. „Wer ist denn nun der Mörder?"

„Überleg doch mal", sagte ich und führte sie tiefer in die Menschenmassen. „Wer hätte am meisten von Billys Tod profitiert?"

Es war mühsam, sich durch die dichte Zuschauermenge näher an die Schauküche heranzukämpfen. Weil in wenigen Minuten die Kochsendung von Julius anfangen sollte, standen die Leute so dicht gedrängt, dass wir nicht weiterkamen. Deshalb änderten wir die Richtung und steuerten auf das Bürogebäude auf der anderen Straßenseite zu, in dem Inspektor Cooper seine Einsatzzentrale eingerichtet hatte.

In der Nähe des Panoramafensters im zweiten Stock standen der Inspektor, Deborah Hudson, Danny Moran und einige uniformierte Beamte.

„Ermordet?“, sagte Inspektor Cooper in sein Funkgerät. „Mit einem Schwert oder Spieß? Und dann in einem Kleidersack aufgehängt? Ja, Sergeant, ich schicke Ihnen sofort ein paar Leute in die Eissporthalle.“

„Wir wissen, wer es war“, rief ich und rannte auf Inspektor Cooper zu. „Wir haben herausgefunden, wer die Küchenchefs ermordet hat. Sie müssen die Show abbrechen!“

„Ganz ruhig, Quentin“, sagte Inspektor Cooper. „Sag mir erst einmal, warum wir die Show abbrechen sollten.“

„Die Show abbrechen?“, unterbrach Deborah. „Das ist *Julius' Fernsehküche*! Der Höhepunkt des ganzen Festes! Wir sind in drei Minuten live auf Sendung!“

„Das müssen Sie verhindern, Inspektor Cooper!“, flehte ich.

„Jetzt warte mal, Quentin“, sagte Inspektor Cooper und hob beschwichtigend die Hände. „Ich kann nicht einfach eine Fernsehübertragung absagen, nur weil du zu wissen glaubst, wer der Mörder ist.“

India und ich sahen aus dem Fenster auf die Bühne. Julius stand schon in seiner Schauküche. Er trug eine Kochmütze und eine gestärkte weiße Schürze – das, was er in seiner Show immer anhatte. Techniker hasteten über die Bühne und trafen letzte Vorbereitungen. Robbie McGrath puderte das Gesicht seines Chefs und flüsterte ihm letzte Aufmunterungen ins Ohr. Julius nickte und sagte etwas zu Robbie. Dann sahen beide zu uns auf.

„Ob sie uns durch das getönte Glas sehen können?", fragte India.

Ich winkte, doch sie reagierten nicht.

Eine große Uhr am Rand der Bühne, knapp außerhalb der Kamera-Reichweite, zeigte die Zeit bis zum Beginn der Aufnahme an. Nur noch eine Minute.

„Also gut, Quentin, lass hören, was du herausgefunden hast", sagte Inspektor Cooper und stellte sich zu uns ans Fenster. „Ich kann nicht versprechen, dass ich die Sendung abbrechen lasse, aber ich bin bereit, mir deine Erkenntnisse anzuhören."

„Robbie McGrath hat eine Pistole", stieß ich hervor.

Inspektor Cooper starrte aus dem Fenster. Auf der anderen Straßenseite flitzte Robbie über die Bühne und befahl den Technikern, sich zurückzuziehen. Die Uhr zeigte noch 15 Sekunden.

„Für mich sieht es nicht so aus, als wäre er bewaffnet“, sagte Inspektor Cooper.

Er hatte Recht. Robbie trug ein enges T-Shirt und hautenge weiße Jeans. In den Klamotten konnte man unmöglich eine Waffe verbergen.

„Er hat sie irgendwo auf der Bühne versteckt“, sagte ich. „Da bin ich ganz sicher.“

„Warum sollte Robbie McGrath eine Waffe auf der Fernsehbühne verstecken?“, fragte Deborah Hudson und stellte sich zu uns ans Fenster. Danny Moran klebte wie immer an ihrer Seite.

„Ja, Junge. Wie kommst du auf die Idee, dass er eine Knarre hat?“, fragte er.

„Weil er vorhat, Julius LaCroix zu erschießen“, erklärte ich. „Aus Zuneigung. Aus Liebe.“

„Das ist doch Schwachsinn“, sagte Inspektor Cooper. „Niemand erschießt einen anderen aus reiner Freundlichkeit.“

„In diesem Fall schon“, widersprach ich.

„Willst du damit sagen, dass Robbie der Mörder ist?“, fragte der Inspektor.

„Ganz und gar nicht“, sagte ich.

„Aber warum –“, begann Deborah Hudson.

„Lassen Sie es mich erklären“, bat ich. „Julius hat Billy Rose umgebracht. Warum? Weil Ronald Crumfield, der Geldgeber vom *L’Aventure*, das Restaurant schließen will. Das weiß Julius natürlich, aber es hat ihn nicht besonders gestört, weil Crumfield ihm andere Hoffnungen gemacht hat. Er hat angedeutet, dass Julius der Chefkoch des neuen Hochhausrestaurants in der Innenstadt werden soll."

„Und was hat das alles mit Billy Rose zu tun?", fragte Inspektor Cooper.

„Crumfield hat seine Meinung geändert. Er muss gehört haben, dass Julius' Kochkünste nachlassen. Der einzige Grund, warum die Leute immer noch ins *L'Aventure* gehen, ist Julius' berühmte Krebspastete. Doch das allein reicht nicht für einen neuen zig Millionen Dollar teuren Gastronomietempel. Also hat Crumfield sich nach einem anderen Koch umgehört. Billy Rose war der neue Stern am New Yorker Feinschmeckerhimmel. Und so hat Crumfield Billy Rose für sein neues Restaurant verpflichtet."

„Das wusste ich nicht", hauchte Deborah Hudson.

„Das wusste keiner", erklärte ich. „Auch Julius nicht. Bis Billy es ihm auf der Eröffnungsfeier erzählt hat, kurz bevor er vergiftet wurde. Und dann hat Billy ihm auch noch eröffnet, dass er das Geheimnis der Krebspastete à la Julius gelüftet hat – Johanniskrautöl."

„Johanniskraut? Ist das nicht ein Beruhigungsmittel?", fragte Inspektor Cooper.

„Genau“, bestätigte ich. „Es ist eine Pflanze, die gegen Depressionen wirkt. Kennen Sie die Gerüchte, dass schon ein Bissen von Julius' Krebspastete die Welt gleich viel freundlicher aussehen lässt? Nun, das liegt also nicht am Geschmack, sondern am Johanniskraut. Billy hat Julius hämisch erzählt, dass er zu seinen Ehren im neuen Restaurant eine *Krebspastete nach Art von LaCroix* anbieten will.“

„Zu seinen Ehren, dass ich nicht lache!“, empörte sich Danny Moran. „Für mich hört sich das an, als hätte der kleine Mistkerl dem Alten das Rezept geklaut!“

„Das sah Julius genauso“, bemerkte ich. „Billy hat ihm nicht nur sein Restaurant gestohlen, sondern auch sein sagenumwobenes Rezept. Das war zu viel für Julius. Er ist auf der Eröffnungsfeier absichtlich ins Stolpern gekommen – das beweisen die Videos – und hat sich an einem der Pflanzkübel mit Oleander abgestützt. Da er alles über Kräuter weiß, beschloss er spontan, eine Hand voll Oleander unter den Salat zu mischen und Billy damit umzubringen.“

„Seine Pastete kann ihm doch unmöglich so viel bedeuten, dass er dafür mordet“, gab Inspektor Cooper zu bedenken. „Sieh doch, was er jetzt macht.“

Wir starrten über die Straße. Julius hatte eine Backform mit Teig ausgelegt – einem Teig, der genauso aussah wie die Maske des Kaufhaus-Mörders.

Einer der Polizisten stellte den Fernseher lauter. Unsere Blicke wanderten zwischen der Bühne und dem Fernsehschirm hin und her, als wir Julius sagen hörten: „Und die nächste Zutat zu meiner berühmten Krebspastete ist Butter – ein Achtelpfund ...“

„Oh nein!“, stieß India hervor. „Er verrät sein letztes Geheimnis!“

„Julius ist verzweifelter, als ich dachte!“, stöhnte ich. „Inspektor Cooper, Sie müssen die Sendung sofort stoppen!“

„Quentin, es tut mir Leid, aber ich bin immer noch nicht überzeugt, dass da draußen jemand in Gefahr ist“, erwiderte Inspektor Cooper. „Der alte Mann verrät sein Geheimrezept. Na und? Das ist doch kein Verbrechen.“

„Aber der Mord an Paul Zachary ist eines!“, sagte ich hitzig. Auch ich war inzwischen ziemlich verzweifelt.

„Warum sollte Julius Zachary ermorden?“, fragte Inspektor Cooper sachlich.

„Wenn Sie sich das Video des deutschen Touristen genau ansehen, wird Ihnen auffallen, dass Zachary bereits angewidert das Gesicht verzieht, bevor Billy den ersten Happen Salat isst. Zachary hat also beobachtet, wie Julius den Oleander untergemischt hat. Und er hatte vor, Julius damit zu erpressen. Der Skorpion in der Kakaodose war eine Drohung von Zachary – immerhin hatten die beiden einmal ein gemeinsames Lokal, das *Skorpion-Bar* hieß. Wir sind sicher, dass Zachary den Skorpion in die Dose gesetzt hat. Denn wir haben einen Verkäufer gefunden, der bestätigt, dass ein Mann, der aussah wie Zachary, genau an diesem Tag einen Skorpion bei ihm gekauft hat. Und der Zettel, den Julius eingesteckt hat, war bestimmt kein Kontrollzettel, sondern höchstwahrscheinlich ein Drohbrief. Zachary hatte Julius jetzt endlich in der Hand und konnte alles von ihm haben, was er schon immer wollte – seine Kochsendung im Fernsehen, seine Rezepte, sein Restaurant ..."

„Aber wir haben den Mord an Zachary auf Video", sagte Inspektor Cooper. „Julius LaCroix geht am Stock. Er ist gehbehindert." Er zeigte auf den Fernseher, der Julius beim Abgießen des Krebswassers zeigte. Er hielt mit einer Hand seinen Gehstock fest. „Zacharys Mörder war gut zu Fuß, oder? Und sehr kräftig."

„Der Arzt, bei dem Julius kurz vor dem Mord einen Termin hatte, war ein Orthopäde und kein Herzspezialist", erklärte ich. „Julius leidet an Faszitis im Fuß – eine sehr schmerzhafte Sache, die sich aber gut mit Cortisonspritzen in den Griff bekommen lässt. Als Julius aus der Praxis kam, brauchte er seinen Stock nicht mehr. Er hatte Zachary ins Kaufhaus bestellt und ging von der Arztpraxis direkt dorthin. Es bereitete ihm also nicht die geringsten Schwierigkeiten, einen kiloschweren Schinken hochzuheben und ihn Zachary über den Kopf zu ziehen."

„Aber warum hat Julius Wladimira umgebracht, Quentin?", fragte India.

„Zum einen, weil er sie noch nie leiden konnte", sagte ich. „Und zum anderen, weil er wegen ihr und Zachary in Panik war. Wir haben die beiden doch gestern bei Julius' Vorführung miteinander reden sehen, und Julius hat sie wahrscheinlich auch bemerkt. Vielleicht hat Zachary Wladimira erzählt, was Julius getan hat. Julius glaubte in seiner Verzweiflung, dass der Mord an Wladimira unsere Theorie erhärten würde, nach der irgendein Verrückter Robbies Kochbuch als Gebrauchsanweisung für die Morde verwendet. Er hat gehofft, uns damit auf eine falsche Fährte zu locken – und das hätte er auch beinahe geschafft."

Einen Moment lang war alles still. Im Fernsehen konnten wir Julius sagen hören: „... und die geheime Zutat, die tausende glücklich gemacht hat, ist ... Johanniskrautöl!"

Wir alle – Inspektor Cooper, India, Deborah, Danny, die anderen Polizisten und ich – sahen zu, wie Julius ein Glas goldfarbene Flüssigkeit in die mit leuchtend rotem Krebsfleisch gefüllte Pastete goss.

Während die Zuschauer noch applaudierten, fiel mein Blick auf etwas Unheilvolles, das neben der Pastete auf der Arbeitsplatte lag. Ich starrte genauer hin. Es war das, wofür ich es gehalten hatte – ein Teller voller Pilze.

„Inspektor Cooper", sagte ich ruhig. „Jetzt müssen Sie die Show sofort abbrechen – wegen der Pilze."

„Was redest du da, Quentin?", fragte er.

„In Julius' Krebspastete gehören keine Pilze. Und das da sind keine Wiesenchampignons – es sind Knollenblätterpilze. Julius LaCroix hat vor, sich umzubringen!"

Die Waffen eines Kochs

India und ich stürmten aus dem Raum, dicht gefolgt von Inspektor Cooper und einigen anderen Polizisten.

„Hier Cooper!", brüllte der Inspektor in sein Funkgerät. „Benachrichtigen Sie MacLendon und Izzard auf der Bühne. Ich habe Grund zu der Annahme, dass Julius LaCroix sich vergiften will. Das müssen wir verhindern!"

Wir hetzten durch den Eingangsbereich und auf die Straße. Die Menschenmasse war unglaublich dicht – ich fühlte mich wie eine Ölsardine in der Dose.

Inspektor Cooper übernahm die Führung. Die Menschen machten ihm Platz – einem großen Kerl mit einer Polizeimarke wichen sie natürlich eher als mir.

„Denken Sie daran“, rief ich dem Inspektor zu. „Robbie hat eine Waffe!“

„Ich habe aber keine gesehen“, brüllte Cooper zurück.

„Vertrauen Sie mir – er hat eine!“

„Oh mein Gott!“, schrie India. „Julius greift in die Schale mit den Pilzen!“

„Oh nein!“, entfuhr es mir. „Knollenblätterpilze sind verdammt giftig. Ein einziger Bissen enthält genug Gift, um ihn zu töten!“

Inspektor Cooper hatte jetzt die Absperrung erreicht und sprang darüber hinweg. India und ich folgten ihm.

Ein junger Mann mit einem Klemmbrett versuchte, Inspektor Cooper aufzuhalten, und schrie: „Halt! Das geht nicht, wir sind auf Sendung!“, aber der Inspektor schob ihn einfach zur Seite.

Jetzt waren wir nur noch wenige Meter von der Bühne entfernt. Ich schaute zu Julius auf, der uns gerade entdeckt hatte. Als er den Inspektor auf sich zustürmen sah, schnappte er sich eine Hand voll Pilze, stopfte sie in den Mund, kaute einmal und schluckte die tödliche Masse sofort hinunter.

„Schnitt! Schnitt! Geht auf die Werbung!“, rief der Typ mit dem Klemmbrett, als das totale Chaos ausbrach. Uniformierte Beamte, diverse Techniker und einige Zuschauer stürmten auf die Bühne.

Julius fasste sich an die Brust, ließ seinen Gehstock fallen und brach einen Moment später zusammen.

„Er hat einen Herzinfarkt!“, schrie jemand. Inspektor Cooper wies zwei seiner Männer an, Robbie McGrath zu packen, der sofort zu Julius gestürzt war. Sie hielten ihn fest und durchsuchten ihn, ohne etwas zu finden.

Julius, der kaum noch bei Bewusstsein war, hob matt einen Arm in seine Richtung.

„Lassen Sie ihn bitte los“, bat ich die Polizisten, die Robbie festhielten. „Das ist sein Vater. Sein Vater stirbt.“

Robbie fiel neben Julius auf die Knie.

„Tut mir Leid, dass es so enden muss, Robbie“, röchelte Julius. „Ich habe dich immer geliebt. Du bedeutest mir mehr als ...“

Er konnte seinen Satz nicht mehr beenden. Robbie kauerte sich auf den Boden und weinte.

Inzwischen waren mehrere Dutzend Polizeibeamte

in der Nähe. Sie räumten die Bühne, drängten die Zuschauer zurück und schickten sie nach Hause. Sanitäter kamen und fingen an, Julius wiederzubeleben, doch es war zu spät. Er war tot.

Inspektor Cooper nahm Robbie am Arm und führte ihn weg. „Bitte begleiten Sie mich aufs Revier“, sagte er. „Ich würde Ihnen gern ein paar Fragen stellen.“

Robbie nickte. Er war am Boden zerstört.

Bevor sie gingen, flüsterte ich Robbie zu: „Ich weiß, was Sie vorhatten. Sie können froh sein, dass Sie es nicht übers Herz gebracht haben.“

Er sah mich an und nickte unter Tränen. Mehr musste nicht gesagt werden. Er ließ sich von Inspektor Cooper abführen.

„Worum ging es denn?“, fragte India. „Was hast du gemeint, als du gesagt hast, du wüsstest, was er vorhatte? Wollte er Julius tatsächlich umbringen?“

„Das wollte er“, bestätigte ich. „Ich glaube, Robbie wusste von Anfang an, dass Julius der Mörder war. Und als er den Mord an Wladimira beobachtet hatte, war er sich sicher. Aber Robbie ist klug genug zu wissen, dass Julius niemals ungestraft davongekommen wäre. Beide mussten mit ansehen, wie man Julius allmählich auf die Schliche kam. Robbie wollte Julius wahrscheinlich töten, um ihm die Schande einer Mordanklage zu ersparen.“

„Und Julius wollte Robbie schützen", sagte India. „Indem er sich selbst umbrachte, bevor Robbie es tun konnte."

„Genau."

„Aber wo ist die Pistole?", fragte India. „Du hast doch behauptet, dass Robbie Wladimiras Pistole hat."

Ich führte India zur Arbeitsplatte der Schauküche, wo die vorbereiteten Teigstücke in einer Reihe lagen – Teigfladen, die genauso aussahen wie das, womit Julius sich maskiert hatte.

„Was?", fragte India. „Das ist doch nur Teig."

Ich hob die Ecke eines Fladens an. Der kurze Lauf von Wladimiras Waffe ragte darunter hervor.

„Oh", murmelte India.

„Ja", sagte ich. „Ein Rezept, für das man sterben könnte."

Drei Stunden später saßen wir in Indias Wohnung und warteten auf den Lieferdienst, der uns das bestellte chinesische Essen bringen sollte. In den letzten zwei Tagen hatte ich genug von Kaviar, Schaschlik und gebratenen Tauben gehört, dass es für den Rest meines Lebens reichte. Jetzt stand mir der Sinn nach normalem chinesischem Essen, mit frittiertem Reis und süß-saurem Huhn. India hatte das vegetarische Menü bestellt. Als das Essen schließlich kam, war unsere Welt wieder in Ordnung.

„Wie hast du herausgefunden, dass Julius der Mörder war?“, fragte India und griff sich mit ihren Ess-Stäbchen geschickt eine Erbse.

„Das war nicht leicht.“ Ich schaufelte mir eine Gabel voll Reis in den Mund – mit Stäbchen zu essen dauert mir einfach zu lange. „Jeder der Köche hätte auf die Idee kommen können, eine Maske aus Teig zu tragen, weil das für sie nahe liegend ist. Aber je mehr Fälle wir bearbeiten, desto intensiver befasse ich mich mit der Denkweise der Verbrecher. Ich habe festgestellt, dass niemals etwas ohne Grund geschieht, so verrückt dieser Grund zunächst auch erscheinen mag. Julius war doch schon lange vor dem Festival ein toter Mann. Billy war nur derjenige, der ihm den letzten Stoß versetzt hat – und da ist Julius ausgerastet.“

„Eine traurige Geschichte“, bemerkte India.

„Das ist Mord immer.“

„Jetzt können wir einen Fünf-Sterne-Koch für unsere Geburtstagsfeier vergessen“, sagte sie. „Wir haben zwar in den letzten Tagen alle Spitzenköche von New York kennen gelernt, aber die, die noch leben, stehen nicht gerade bei uns Schlange.“

„Ach, das würde ich nicht sagen. Ich hatte den Eindruck, dass Danny Moran voll auf dich abfährt.“

„Hör schon auf! Dieser Schleimer!", stieß India hervor und packte ihren Glückskeks aus. „Ich weiß, dass es sich ziemlich selbstsüchtig anhört, aber ich finde es trotzdem schade, dass wir auf unserer Party nun doch keinen berühmten Küchenchef präsentieren können."

„Ich auch", sagte ich, obwohl ich annahm, dass India darüber wesentlich enttäuschter war als ich.

„Womit wollen wir unsere Gäste denn nun füttern?", fragte sie.

„Keine Ahnung." Um das Thema zu wechseln, fügte ich hinzu: „Na, wie sieht deine Zukunft aus?"

Sie zerbrach ihren Glückskeks, zog den kleinen Papierstreifen heraus und las vor: „Vertrauen Sie Ihrer Eingebung. Das Universum wird Ihr Leben leiten."

„Das ist doch nett", sagte ich. „Und was sagt dir deine Eingebung?"

Sie sah mich nachdenklich an. „Ich war wohl viel zu versessen darauf, die beste Party aller Zeiten zu schmeißen, nur um alle an unserer Schule zu beeindrucken. Aber eine Party feiert man nicht, um andere neidisch zu machen, sondern um Spaß zu haben. Wir sollten also das Essen anbieten, das *wir* mögen – zum Beispiel frittierten Reis und das vegetarische Menü – und keine Schnecken oder was immer uns ein hochgestochener Chefkoch vorsetzen würde. Lass es uns so machen, Quentin – nehmen wir gutes chinesisches Essen. Das mag jeder, und alle sind zufrieden."

„India, ich glaube, du hattest gerade einen Geistesblitz", stichelte ich und packte meinen eigenen Glückskeks aus.

„Und was erwartet dich?"

„Sie werden einen Glückskeks essen", las ich vor. Ich musste lachen und steckte den Keks in den Mund. „Woher wussten die das?"

„Nun, vielleicht leitet das Universum auch dein Leben", sagte India.

Bereits in der Highschool begann **Paul Zindel**, kleine Geschichten und Theaterstücke zu schreiben. Trotzdem arbeitete er nach dem Studium zuerst einige Jahre als Chemielehrer, bevor er sein Hobby zum Beruf machte. In der Zwischenzeit ist er einer der erfolgreichsten Kinder- und Jugendbuchautoren Amerikas und wurde unter anderem mit dem renommierten Pulitzer-Preis ausgezeichnet. Paul Zindel lebt mit seiner Familie in New Jersey.